LUZ E SOMBRAS

LUDWIG WITTGENSTEIN

LUZ E SOMBRAS

Uma experiência (onírica) noturna e um fragmento de carta

Tradução
Edgar da Rocha Marques

Revisão da tradução
Eurides Avance de Souza

Editado por Ilse Somavilla

martins Fontes
selo martins

Esta obra foi originalmente publicada em alemão sob o título
Licht und Schatten por Ludwig Wittgenstein.

Publisher *Evandro Mendonça Martins Fontes*
Coordenação editorial *Vanessa Faleck*
Produção editorial *Danielle Benfica*
Preparação *Denise Roberti Camargo*
Revisão *Paula Passarelli*
Marcelo Joazeiro
Daniela Lima

Dados Internacionais de Catalogação na Publicação (CIP)
(Câmara Brasileira do Livro, SP, Brasil)

Wittgenstein, Ludwig, 1889-1951.
Luz e sombras : uma experiência (onírica) noturna e um fragmento de carta / Ludwig Wittgenstein ; tradução Edgar da Rocha Marques ; revisão da tradução Eurides Avance de Souza ; editado por Ilse Somavilla. – São Paulo : Martins Fontes – selo Martins, 2012 ; (Coleção tópicos).

Título original: Licht und Schatten
Bibliografia
ISBN 978-85-8063-035-0

1. Filósofos – Áustria – Correspondência 2. Wittgenstein, Hermine – Correspondência 3. Wittgenstein, Ludwig, 1889-1951 – Correspondência 4. Wittgenstein, Ludwig, 1889-1951 – Religião I. Somavilla, Ilse. II. Título.

11-12475 CDD-192

Índices para catálogo sistemático:
1. Filósofos austríacos : Correspondência 192

Martins Editora Livraria Ltda.
Av. Dr. Arnaldo, 2076
01255-000 São Paulo SP Brasil
Tel.: (11) 3116.0000
info@martinseditora.com.br
www.martinsmartinsfontes.com.br

Sumário

Nota da editora 7

Sobre a transcrição 11

Agradecimentos 13

Prefácio 15

Texto 1 – “Experiência (onírica) noturna”
(Anotação de diário de 13/1/1922) 17
Diplomatische fassung 21
Normalisierte fassung 29

Texto 2 – “O ser humano na campânula vermelha”
(Fragmento de carta) 39
Diplomatische fassung 45
Normalisierte fassung 61

Luz e sombras: pensamentos sobre os textos de Wittgenstein –
Ilse Somavilla 73

Bibliografia 113

Nota da editora

Texto 1: "Experiência (onírica) noturna"
Registro de diário de 13/1/1922

Este texto consiste em uma folha avulsa, provavelmente arrancada de um diário, que – junto com outros textos de Ludwig Wittgenstein[1] – se encontrava no espólio de Rudolf Koder. O manuscrito estava, com um recorte de jornal[2], inserido entre as páginas 48 e 49 de um diário de Wittgenstein dos anos 1930. Trata-se de uma folha pautada (40,7 cm

1. Trata-se aqui de um manuscrito para a "Vortrag über Ethik" [Conferência sobre Ética], um texto datilografado do "Logisch-Philosophischen Abhandlung" [Tratado lógico-filosófico], do manuscrito de um diário dos anos 1930, de um recorte do jornal *Neuen Freien Presse*, sete cartas de Ludwig Wittgenstein a Rudolf Koder, bem como de um suplemento escrito à mão ao testamento de Wittgenstein ("Zu meinem Testament"), editado em Viena em 23 de janeiro de 1950.
2. Extraído do *Neuen Freien Presse* n. 20952 (jornal da manhã), de 9 de janeiro de 1923, p. 1 e 2, com esboços.

× 24,5 cm), escrita a tinta de ambos os lados referente ao período de 13 a 16/1/1922.

O texto sobre a experiência noturna foi redigido na antiga caligrafia alemã, as anotações para a aula da escola foram feitas na escrita normal.

No ano de 1933, o prof. dr. Johannes Koder tornou os textos conhecidos do público ao descrever em um artigo o material encontrado por sua irmã, a dra. Margarete Bieder-Koder, no espólio do pai, Rudolf Koder[3].

Desde o ano de 2003 grande parte desses documentos está na Biblioteca Nacional austríaca, em Viena.

Texto 2: "O ser humano na campânula vermelha"
Fragmento de uma carta (anterior a 2/10/1925), provavelmente endereçada a Hermine Wittgenstein.

Este manuscrito se encontrava no espólio de Ludwig Hänsel, que o deixou de herança para sua filha, Maria Dal-Bianco. A sra. Maria Dal-Bianco deixou-o em testamento a seu filho, o prof. dr. Peter Dal-Bianco, designando-o em uma carta datada de dezembro de 1976 como "a coisa mais preciosa" que ela lhe deixava. Era seu desejo expresso que este texto de Wittgenstein fosse publicado como o "contraponto a seus ensaios filosóficos".

---

3. Ver Johannes Koder, "Verzeichnis der Schriften Ludwig Wittgenstein im Nachlass Rudolf und Elisabeth Koder", *Mitteilungen aus dem Brenner-Archiv*, n. 12/1993, p. 52-54.

O fragmento de carta foi escrito em folha dupla (20 cm × 33,5 cm), sem pauta, provavelmente arrancada de um caderno. Todos os quatro lados da folha foram escritos à tinta. As correções foram, em grande parte, feitas a lápis. O destinatário da carta continua incerto. Pode, entretanto, tratar-se da irmã de Wittgenstein, Hermine, como supôs também a sra. Maria Dal-Bianco, Hänsel quando solteira, na carta escrita a seu filho, Peter Dal-Bianco.

O fragmento de carta foi escrito em folha dupla (20 cm x 30 cm) sem pauta, provavelmente arrancada de um caderno. Todos os quatro lados da folha foram escritos a tinta. As correções foram, em grande parte, feitas a lápis. O destinatário da carta continua incerto. Pode, por exemplo, tratar-se da irmã de Wittgenstein, Hermine, como supôs também a sra. Maria Dal Bianco Hansel quando solicitada a doar esta carta a seu filho, Peter Dal Bianco.

Sobre a transcrição

A transcrição dos textos foi feita de acordo com o sistema MECS-WIT, desenvolvido no Arquivo Wittgenstein da Universidade de Bergen, na Noruega.

Na *versão oficial*, a forma de escrever característica de Wittgenstein – com todas as alterações, riscos, acréscimos e coisas do gênero – foi reproduzida em total fidelidade com o original. Os evidentes erros gramaticais e ortográficos, bem como omissões de palavras ou de sinais de pontuação, foram mantidos.

As passagens escritas na antiga caligrafia alemã no texto 1 foram reproduzidas em escrita normal.

Na *versão normalizada*, o texto é apresentado de forma a assegurar uma leitura fluente. As intervenções da editora são ressaltadas por meio de negrito. Os erros mais graves, que atrapalhariam a leitura, foram corrigidos, mas as idiossincrasias de Wittgenstein foram mantidas, bem como a omissão de sinais de pontuação, que ora é fruto de desatenção, ora é presumidamente intencional. A versão normalizada alemã distingue-se da norueguesa, que corrige os textos de Wittgenstein de acordo com a mais recente situação do idioma alemão. O hábito de Wittgenstein de abreviar a palavra *und* [e] não é reproduzido aqui por meio do logograma &, mas sim com o sinal +, assim como na maioria das edições do autor.

As citações de Wittgenstein inseridas no prefácio e no texto da editora foram reproduzidas com total fidelidade ao original, incluindo as peculiaridades linguísticas, como o uso de letra minúscula em vez de maiúscula etc. Elas estão de acordo com a versão oficial, com a diferença de que as passagens escritas em código foram decodificadas.

Agradecimentos

Em primeiro lugar, meu agradecimento vai para o prof. dr. Peter Dal-Bianco, que me passou o fragmento da carta de Ludwig Wittgenstein guardado por sua mãe e me permitiu publicá-lo.

Agradeço também ao prof. dr. Johannes Koder, que, no ano de 1994, entregou ao arquivo Brenner vários textos de Wittgenstein, oriundos do espólio de seu pai, para que fossem submetidos ao trabalho científico; agradeço-lhe também por ter dado seu consentimento para a publicação do presente manuscrito da anotação de diário de Wittgenstein de 13/1/1922.

Agradeço à sra. Elisabeth Usenik por sua ajuda na transcrição das passagens escritas com a antiga caligrafia alemã.

Também gostaria de agradecer ao prof. dr. Methlagl, por suas sugestões críticas ao meu trabalho, e ao prof. dr.

Johann Holzner, por sua solicitude em despender tempo para responder às perguntas que foram surgindo.

Agradeço ao prof. dr. Allan Janik por seu apoio de tantos anos como coordenador do projeto.

Agradeço ainda ao dr. Benno Peter, da Editora Haymon, por seu trabalho cuidadoso e dedicado.

Ilse Somavilla
Julho de 2004

Prefácio

A relação de Wittgenstein com a fé era ambivalente: por um lado, ele a associava a algo sombrio – não apenas misterioso, mas também aterrador –, que se mostra na sensação de estar totalmente à mercê de um poder divino, de um juiz supremo e severo, como o que aparece no Velho Testamento, capaz de exigir o que há de mais extremo. Por outro lado, a fé significava, para Wittgenstein, algo positivo, luminoso, de fato "a luz", símbolo de pura espiritualidade e verdade.

A discrepância na relação de Wittgenstein com Deus e com a religião pode ser observada nessa tensão entre medo e esperança não apenas quanto ao conteúdo, mas também quanto à sua forma de escrever, isto é, também no nível linguístico. Aqui um discurso distanciado, conduzido de maneira tímida, alterna-se com anotações muito pessoais, que, por seu caráter apaixonado, revelam um estado interior que parece, às vezes, mover-se nos limites da loucura.

Desde os diários mais antigos até as últimas anotações dos anos 1940, Wittgenstein retorna sempre às questões relativas à fé, tanto em sua vida pessoal quanto em relação a suas discussões filosóficas.

Com base em dois escritos até agora inéditos tentaremos seguir as pistas da relação de tensão de Wittgenstein com a religião, assim como sua relação ambivalente com a cultura e a ciência.

Trata-se, no caso do primeiro texto, de uma anotação de diário de uma experiência (onírica) noturna do ano de 1922[1]. O segundo texto consiste em um fragmento de uma carta, supostamente escrita à sua irmã Hermine no ano de 1925[2].

---

1. No espólio de Rudolf Koder foi encontrada uma folha solta, provavelmente arrancada de um diário, na qual Wittgenstein – ao lado de anotações para sua aula na escola – registrou a experiência de um sonho e os medos infundidos por ele.
2. Este texto se encontrava no espólio de Ludwig Hänsel e foi legado à sua filha, Maria Dal-Bianco. A sra. Maria Monica Dal-Bianco deixou-o em testamento a seu filho, Peter Dal-Bianco.

TEXTO 1

"EXPERIÊNCIA (ONÍRICA) NOTURNA"

(ANOTAÇÃO DE DIÁRIO DE 13/1/1922)

verb. d. Schularb.

für Montag: A. Magalhaes. B. I. Oberfläche der Pyramide. Fläche des regelmäßigen Sechseckes. II. Algebraisch. I. Schreiben. Merkwörter. C. I. Schreiben II. Rechnen: Bruchrechnen (Kopfrechnen). Inhalt des Fasses. Gewicht einer Wagenachse. D. Lesen.

für Dienstag: A. Rechenschularbeit. B. verb. d. Aufsätze. D. verb. d. Aufs. Singen. E. Asien.

für Mittwoch. A. Geographie von Asien. B. I. Rechnen Fläche des Kreises (Versuch) II. verb. d. Aufs. C. I. verb. d. Aufs. II. Schlussrechnung mit Volumina. Inh. kompl. Körper D. Skelett d. Menschen. Gelenke, Sehnen, Muskeln. E. Lesen.

für Donnerstag: A. Asien. B. I. Fläche d. Kreises. II. Zeichnen. C. I. Zeichnen. II. Inhalt, kombinierter Körper ~~X~~. Bruchrechnen. D. Handarbeit. E. Schreiben, Singen.

für Freitag: A. + B. Aufsatz. D. Handarbeit. E.

13.1.22.

Heute Nacht hatte ich ein sonderbares Erlebnis. Es fing so an: Ich träumte daß mir meine Schwester Mining bei irgend einer Gelegenheit (dabei habe ich vergessen) eine mich ~~sehr~~ schmeichelnde Bemerkung über meine Geistigkeit machte. ~~Ich lehnte~~ (Sie sagte nämlich in einem für mich lobenden Sinne etwas wie: „Da sieht man eben den Unterschied zwischen ~~uns~~ und den Geistern"). Ich lehnte die besondere Stellung ~~die sie mir durch diese Bemerkung gab~~ zwar ab indem ich die andern die ~~[illegible]~~ Mining auf eine tiefere Stufe stellte verteidigte, freute mich aber im Grunde doch über die Schmeichelei und über meinen vermeintlichen hohen Geist. Darauf erwachte ich und schämte mich meiner Eitelkeit und Gemeinheit und in einer Art Reue – meiner genauen Gedanken erinnere ich mich nicht mehr – machte ich ein Kreuz. Ich empfand, daß ich mich dazu im Bett zum mindesten aufsetzen ~~sollte~~ oder ~~mich~~ niederknieen sollte, war aber dazu zu faul und machte das Kreuz halbaufgerichtet und legte mich wieder. Da aber empfand ich daß ich jetzt aufstehen müsse, daß Gott es von mir verlange. Das geschah so: Ich empfand auf einmal meine völlige Nichtigkeit und ich sah ein daß Gott von mir verlangen konnte was er wollte mit der Bedingung nämlich daß mein ~~Leben~~ Leben sofort sinnlos würde wenn ich ungehorsam bin. Ich dachte zwar sofort ob ich nicht erklären könne das Ganze sei eine Einbildung und es wäre kein Befehl Gottes; aber es war mir klar daß dann jede Religion

[an mir]

für ~~[illegible]~~ Verführung erklären müsste. Dass ich den Sinn des Lebens verlieren müsste. [unangebracht] Nach einigem Widerstreben folgte ich dem Befehl und stand auf. Mit einer schrecklichen Empfindung stand ich im Zimmer. Ich ging zum Spiegel sah mich hinein und mein Spiegelbild schreckte mich so [illegible] Grauen erregend an dass ich mein Gesicht ~~[illegible]~~ [in] den Händen verbarg. Ich fühlte dass ich gänzlich zerschlagen und in der Hand Gottes sei der mit mir in jedem Moment machen kann was er will. Ich fühlte dass mich Gott jederzeit zwingen könne augenblicklich meine Gemeinheiten einzugestehen. Dass er mich jeden Moment zwingen könnte das Schrecklichste auf mich zu nehmen und dass ich ~~[illegible]~~ nicht bereit sei das Schrecklichste auf mich zu nehmen. Dass ich nicht bereit bin der Freundschaft und allem irdischen Glück jetzt zu entsagen. Ob ich aber jemals bereit sein werde?! Ich hatte nicht die Erlaubnis ins Bett zurück zu gehen, fürchtete mich aber vor weiteren Befehlen und ging wie ein schlechter Soldat, wie ein Deserteur, gegen den [voll schrecklicher Furcht] ~~Befehl [illegible]~~ Gottes [ins Bett]. ~~[illegible]~~ Beim Lichtlöschen hatte ich einen Unfall ~~[illegible]~~ die Fassung der elektrischen Birne schraubte sich ab ich berührte den elektrischen Draht und bekam einen Schlag. Ich zuckte heftig zurück und schlug den Ellbogen [unsanft] ~~[illegible]~~ an die Bettlehne. Der heftige Schmerz aber war mir in meiner Lage eine wahre Erleichterung er lenkte mich etwas von meinen ~~[illegible]~~ [Gedanken] und Gefühlen ab. So lag nun einige Zeit mit einem schrecklichen Gefühl da und fürchtete mich davor einzuschlafen damit mir nicht in einem Traum meine ganze Lage in voller Deutlichkeit zum Bewusstsein käme und ich das Schrecklichste auf mich nehmen müsste oder den Verstand verlöre. — Ich schlief dann ein und träumte nicht mehr oder doch nicht von jener Sache. In der Früh fühlte ich mich ziemlich normal. Jetzt bin ich recht matt und abgespannt.

Wie gesagt habe ich heute in der Nacht meine völlige Nichtigkeit eingesehen. Gott hat versucht sie mir zu zeigen. Ich habe dabei [einmal] [ein] klar [gewordenes] ~~[illegible]~~ [illegible] gedacht und [illegible] [gesehen] dass mein Zustand „Furcht und Zittern“ sei.

16.1.22

Für morgen: A. wiederholen: Die Reise Magalhaes! [Philippinen] ~~[illegible]~~ [Reise] ~~[illegible]~~ Polynesien. ~~[illegible]~~ Australien. [Cook], [Tasman]. [illegible] [illegible], Kolonisten. Ursprung der Polynesischen Inseln. Korallenriffe.

DIPLOMATISCHE FASSUNG

⫪	markierte Einfügung, wobei der eingefügte Text zumeist etwas über den Wörtern des durchlaufenden Textes steht.
Text	unterstrichener Text
Text	mit Wellenlinie unterstrichener Text
Text	Unterstreichung widerrufen
~~Text~~	durchgestrichener Text oder durchgestrichene Interpunktion
~~Text~~	durchgestrichener Text, dann widerrufen.
⊗	unlesbare Silbe oder unlesbares Wort.
<>	Einfügung in der Zeile, in einem Wort oder am Rand.
[a|A]	a mit A überschrieben.
A	Überschreibung eines Buchstaben oder Wortes, wobei das zuerst Geschriebene nicht mehr lesbar ist.

Verb. d.Schularb.
Für Montag:A Magalh**aes** B.I. ╥ Oberfläche der Pyramide. Fläche des Regelmäßigen Sechseckes.$\frac{h.g.}{2}$.algebraisch. II. Schreiben. Merkwörter. C. I. Schreiben II. Rechnen. Bruchrechnen (Kopfrechnen). Inhalt des Fasses. Gewicht einer Wagenachse. D. Lesen.

Für Dienstag: A. Rechenschularbeit. B. Verb. d. Aufsatzes. D. Verb. d. Aufs. Singen. E. Asien.

Für Mittwoch. A. Geographie von Asien. B. I. Rechnen Fläche des Kreises (Versuch) [C|II] Verb. d. Aufs. C. I. Verb. d. Aufs. II. Schlußrechnung mit Volumina. D. Skelett d.
Anh. Komb. Körper
Menschen. Gelenke, Sehnen, Muskeln. E. Lesen.

Für Donnerstag: A. Asien. B. I. Fläche d. Kreises. II. Zeichnen. ~~D~~C. Zeichnen. II. Inhalt, Kombinierter Körper [zeichnung]. Bruchrechnen. D. Handarbeit. E. Schreiben, Singen.

Für Freitag: A. + B. Aufsatz. D. Handarbeit. E.

13.1.22.

Heute Nacht hatte ich ein sonderbares Erlebnis. Es fing so an: Ich träumte daß mir meine Schwester Mining bei irgend einer Gelegenheit (wobei habe ich vergessen) eine mi~~ch sehr~~ schmeichelnde Bemerkung über meine Geistigkeit machte~~,~~; (Sie sagte in einem für mich lobenden Sinn etw^r^as wie: „Da sieht man eben den Unterschied ~~Z~~ zwischen ⊗ den Geistern“). Ich lehnte

die besondere Stellung ~~die sie mir durch diese Bemerkung gab~~ zwar ab indem ich die anderen die ~~meine Schw~~ Mining auf eine tiefere Stufe stellte verteidigte, freute mich aber im Grunde doch über die Schmeichelei und über meinen anerkannt hohen Geist. Darauf erwachte ich und schämte mich meiner Eitelkeit und Gemeinheit und in einer Art Reue – mëiner[s|r] genauen Gedanken erinnere ich mich nicht mehr – machte ich ein Kreuz. Ich empfand, daß ich mich dazu im Bett zum mindesten aufsetzen ~~sollte~~ oder ~~mich~~ niederknieen sollte, war aber dazu zu faul[f|l] und machte das Kreuz halbaufgerichtet und legte mich [n|w]wieder. Da aber empfand ich daß ich jetzt aufstehen müsse, daß Gott es von mir verlange. Das geschah so: Ich empfand auf einmal meine völlige Nichtigkeit und ich sah ein daß Gott von [m|n]mir verlangen konnte was er wollte mit der Bedingung nämlich daß mein Leben sofort sinnlos würde wenn ich ungehorsam bin. Ich dachte ~~glei~~ sofort ob ich nicht erklären könne das Ganze seie eine Täuschung und es wäre kein Befehl Gottes; aber es war mir klar daß ich dann alle Religion

in mir
⫪ für ~~mich S~~ Täuschung erklären müßte,. Daß ich den
Sinn des Lebens verleugnen müßte.. Nach einigem
machte Licht
Widerstreben folgte ich dem Befehl ⫪ und stand auf.
Mit einer schrecklichen Empfindung stand ich im
Zimmer. Ich ging zum Spiegel sah mich hinein und mein
Spiegelbild schaute mich so g Grauen erregend an daß
in
ich mein Gesicht ~~mit~~ den Händen verbarg. Ich fühlte
daß ich gänzlich zerschlagen und in der Hand Gottes
in
sei der mit mir jedem Moment machen kann was er
will. Ich fühlte daß mich Gott jederzeit zwingen könne
augenblicklich meine Gemeinheiten einzugestehen. Daß
er mich jeden Moment zwingen könnte das Schrecklichste
auf mich zu nehmen und daß ich ~~dazu~~ nicht bereit sei
das Schrecklichste auf mich zu nehmen. Daß ich nicht
bereit bin der Freundschaft und allem irdischen Glück
jetzt zu entsagen. ~~(~~Ob ich aber jemals bereit sein werde
?!. Ich hatte nicht die Erlaubnis in's Bett zurück zu gehen
fürchtete mich aber vor weiteren Befehlen und ging wie
ein schlechter Soldat, wie ein Deserteur, gegen den Befehl
voll schrecklicher Furcht
⫪ ins Bett. ~~Wen~~Beim Auslöschen hatte ich einen ~~U~~Unfall
~~ich~~ Die Fassung der elektrischen Birne schraubte sich auf
ich berührte den elektrischen Draht und bekam

einen Schlag. Ich zuckte heftig zurück und schlug den
äußerst schmerzhaft
Ellbogen ⊤ an die Bettlehne. Der heftige Schmerz aber war mir in meiner Lage eine wahre Erleichterung er lenkte mich etwas von meinen ~~furchtbaren~~ inneren Gefühlen ab. So lag **ich** nun einige Zeit mit einem schrecklichen Gefühl da und fürchtete mich davor einzuschlafen damit mir nicht in einem Traum meine ganze Lage in aller Deutlichkeit zum Bewußtsein käme und ich das Schrecklichste auf mich nehmen müßte oder den Verstand verlöre. – Ich schlief dann ein und träumte nicht mehr oder doch nicht von jener Sache. In der Früh fühlte ich mich ziemlich normal. Jetzt bin ich recht matt und abgespannt.

Wie gesagt habe ich heute in der Nacht meine völlige Nichtigkeit eingesehen. Gott hat geruht sie mir zu zeigen. Ich habe dabei immer an Kierkegaard ~~Begriff von~~ gedacht
habe geglaubt,
und ~~ge war sicher~~ daß mein Zustand „Furcht und Zittern" sei**"**.

16.1.22.

Für mo<r>gen: A. Wiederholg: Die Reise Magalh**ae**s'.
Anläßlich dieser Reise
~~Australien und~~ Polynesien. ~~Klima von (Australien.~~ ~~⊗, Flüsse. Austral. neger, Kolonisten.~~ Ursprung der Polynesischen Ins<e>ln. Koralenriffe. Viel

NORMALISIERTE FASSUNG

Für Montag: A Magalh**aes** B. I. Verb. d. Schularb. Oberfläche der Pyramide. Fläche des Regelmäßigen Sechseckes. $\frac{h}{2}$. g. algebraisch. II. Schreiben. Merkwörter. C. I. Schreiben II. Rechnen. Bruchrechnen (Kopfrechnen). Inhalt des Fasses. Gewicht einer Wagenachse. D. Lesen.
Für Dienstag: A. Rechenschularbeit. B.Verb. d. Aufsatzes. D. Verb. d. Aufs. Singen. E. Asien.
Für Mittwoch. A. Geographie von Asien. B. I. Rechnen Fläche des Kreises (Versuch) II. Verb. d. Aufs. C. I. Verb. d. Aufs. II. Schlußrechnung mit Volumina. Anh. Komb. Körper D. Skelett d. Menschen. Gelenke, Sehnen, Muskeln. E. Lesen.
Für Donnerstag: A. Asien. B. I. Fläche d. Kreises. II. Zeichnen. C. Zeichnen. II. Inhalt, Kombinierter Körper [zeichnung]. Bruchrechnen. D. Handarbeit. E. Schreiben, Singen.
Für Freitag: A. + B. Aufsatz. D. Handarbeit.E.

13.1.22.

Heute Nacht hatte ich ein sonderbares Erlebnis. Es fing so an: Ich träumte daß mir meine Schwester Mining bei irgend einer Gelegenheit (wobei habe ich vergessen) eine mir schmeichelnde Bemerkung über meine Geistigkeit machte; (Sie sagte in einem für mich lobenden Sinn etwas wie: „Da sieht man eben den Unterschied zwischen den Geistern"). Ich lehnte die besondere Stellung zwar ab indem ich die anderen die Mining auf eine tiefere Stufe stellte verteidigte, freute mich aber im Grunde doch über die Schmeichelei und über meinen anerkannt hohen Geist. Darauf erwachte ich und schämte mich meiner Eitelkeit und Gemeinheit und in einer Art Reue – meiner genauen Gedanken erinnere ich mich nicht mehr – machte ich ein Kreuz. Ich empfand, daß ich mich dazu im Bett zum mindesten aufsetzen oder niederknien sollte, war aber dazu zu faul und machte das Kreuz halbaufgerichtet und legte mich wieder. Da aber empfand ich daß ich jetzt aufstehen müsse, daß Gott es von mir verlange. Das geschah so: Ich empfand auf einmal meine völlige Nichtigkeit und ich sah ein daß Gott von mir verlangen konnte was er wollte mit der Bedingung nämlich daß mein Leben sofort sinnlos würde wenn ich ungehorsam bin. Ich dachte sofort ob ich nicht erklären könne das Ganze sei eine Täuschung und es wäre kein Befehl Gottes; aber es war mir klar daß ich dann alle Religion in mir für Täuschung erklären müßte. Daß ich den Sinn des Lebens verleugnen müßte. – Nach einigem Widerstreben folgte ich dem Befehl machte Licht und stand auf. Mit einer schrecklichen Empfindung stand ich im Zimmer. Ich ging zum Spiegel sah mich hinein und mein Spiegelbild schaute mich so Grauen erregend an daß ich mein Gesicht in den Händen verbarg. Ich fühlte daß ich gänzlich zerschlagen und in der Hand Gottes sei der mit mir in jedem Moment machen kann was er will. Ich fühlte daß mich Gott jederzeit zwingen könne augenblicklich meine Gemeinheiten einzugestehen. Daß er mich jeden Moment zwingen könnte das Schrecklichste auf mich zu nehmen und daß ich nicht bereit sei das Schrecklichste auf mich zu nehmen. Daß ich nicht bereit bin der Freundschaft und allem irdischen Glück jetzt zu entsagen. Ob ich aber jemals bereit sein werde ?!. Ich hatte nicht die Erlaubnis in's Bett zurück zu gehen fürchtete mich aber vor weiteren Befehlen und ging wie ein schlechter Soldat, wie ein Deserteur, gegen den Befehl voll schrecklicher Furcht ins Bett. Beim Auslöschen hatte ich einen Unfall Die Fassung der elektrischen Birne schraubte sich auf ich berührte den elektrischen Draht und bekam einen Schlag. Ich zuckte heftig zurück und schlug den Ellbogen äußerst schmerzhaft an die Bettlehne. Der heftige Schmerz aber war mir in meiner Lage eine wahre Erleichterung er lenkte mich etwas von meinen inneren Gefühlen ab. So lag **ich** nun einige Zeit mit einem schrecklichen Gefühl da und fürchtete mich davor einzuschlafen damit mir nicht in einem Traum meine ganze Lage in aller Deutlichkeit zum Bewußtsein käme und ich das Schrecklichste auf mich nehmen müßte oder den Verstand verlöre. – Ich schlief dann ein und träumte nicht mehr oder doch nicht von jener Sache. In der Früh fühlte ich mich ziemlich normal. Jetzt bin ich recht matt und abgespannt.

Wie gesagt habe ich heute in der Nacht meine völlige Nichtigkeit eingesehen. Gott hat geruht sie mir zu zeigen. Ich habe dabei immer an Kierkegaard gedacht und habe geglaubt, daß mein Zustand „Furcht und Zittern" sei.

16.1.22.

Für morgen: A. Wiederholg:Die Reise Magalh**ae**s'. Anläßlich dieser Reise Polynesien. Ursprung der Polynesischen Inseln.Koralenriffe.Viel

VERSÃO NORMALIZADA

Para segunda-feira*:

A – Magalhães[1].

B – I. Correção do trabalho escolar. Superfície das pirâmides. Superfície de hexágonos regulares. h/2.g. algébrico. II. Escrita. Tópicos.

C – I. Escrita. II. Cálculo. Cálculo de frações (Cálculos de cabeça). Volume de um barril. Peso de um eixo.

D – Leitura.

Para terça-feira:

A – Tabalho escolar de cálculo.

B – Correção de redação.

D – Correção de redação. Canto.

E – Ásia.

Para quarta-feira:

A – Geografia da Ásia.

---

* Trata-se, na parte inicial do texto, do esboço do planejamento semanal das aulas de Wittgenstein. Nessa época, ele era professor primário em uma escola em Tratenbach im Feistritztal. Para tornar mais compreensível tal planejamento, optei por introduzir uma diagramação distinta daquela presente na anotação original. (N. T.)

1. Trata-se de Fernão de Magalhães (aprox. 1480-1521), navegante português que, com o plano aprovado por Carlos I de chegar às Ilhas Molucas viajando para o Ocidente, principiou em 1519 uma viagem de circum-navegação. Um dos participantes, Antonio Pigafetta, fez um relato dessa viagem.

B – I. Cálculo da área do círculo (experiência). II. Correção de redação.
C – I. Correção de redação. II. Cálculo final com volumes com base em corpos combinados.
D – Esqueleto do ser humano. Articulações, tendões, músculos.
E – Leitura.

Para quinta-feira:
A – Ásia.
B – I. Área do círculo. II. Desenho.
C – I. Volume. II. Corpos combinados. Cálculo de frações.
D – Trabalho manual.
E – Escrita. Canto.

Para sexta-feira:
A + B – Redação.
D – Trabalho manual.
E –

13/1/1922

Esta noite tive uma experiência curiosa. Começou assim: sonhei que minha irmã Mining[2] por ocasião de alguma

2. Trata-se de Hermine Wittgenstein, nascida em 1/12/1874, em Eichwald, proximidades de Teplitz, Boêmia, e falecida em 11/2/1950, em Viena. Irmã mais velha de Wittgenstein. Ela recebeu esse nome em função de uma personagem do romance *Ut mine Stromtid*, de Fritz Reuter. Wittgenstein tinha um relacionamento especialmente afetuoso com ela. Ele observou uma vez a Rush Rhees que ela era "de longe a mais profunda" das irmãs. (Ver *Porträts und Gespräche*, p. 7.)

coisa (esqueci-me de qual) fez uma observação lisonjeira sobre a minha intelectualidade; (ela dizia, em um sentido elogioso para mim, alguma coisa como: "Nesse ponto vê-se precisamente a diferença entre os espíritos"). Recusei a posição especial ao defender aqueles que Mining colocava em uma posição inferior, mas, no fundo, eu me alegrava com a lisonja e com o reconhecimento do elevado nível de meu espírito. Acordei logo em seguida e fiquei com vergonha de minha vaidade e vulgaridade, e, em uma espécie de arrependimento – não me recordo com precisão de meus pensamentos –, fiz o sinal da cruz. Senti que ao fazer o sinal da cruz eu deveria pelo menos me levantar ou ficar de joelhos, mas eu estava com preguiça demais para isso e acabei fazendo o sinal da cruz meio levantado e deitei de novo. Mas então senti que naquela hora eu deveria me levantar, senti que Deus exigia isso de mim. Isso aconteceu da seguinte maneira: Senti de repente minha completa nulidade e percebi que Deus poderia exigir de mim o que quisesse sob a condição de que minha vida ficasse imediatamente desprovida de sentido se eu fosse desobediente. Pensei imediatamente se eu não poderia declarar que tudo aquilo seria uma ilusão e não uma ordem de Deus; mas ficou claro para mim que eu, então, teria de declarar que toda a religião em mim seria uma ilusão. Que eu teria de negar o sentido da vida. – Após alguma resistência, obedecendo à ordem, acendi a luz e me levantei. Fiquei em pé no quarto com uma sensação horrível. Fui ao espelho e me olhei, e minha imagem no espelho olhando para mim provocava tanto horror que escondi o rosto nas mãos. Sentia que estava completamente destroçado e nas mãos de Deus, que a qualquer momento poderia fazer comigo o que bem quisesse. Sentia que Deus poderia a qualquer momento me obrigar a confessar minhas baixezas. Que a qualquer momento Ele poderia me obrigar a assumir o mais terrível e que eu não estava preparado para assumir o mais terrível. Que eu não estava preparado para renunciar agora à amizade e a toda felicidade terrena. Não sei se algum dia estarei preparado para isso?!. Eu não tinha permissão para voltar para a cama mas temia novas ordens e fui, desobedecendo à ordem e cheio de pavor, para a cama como um mau soldado, como um desertor. Ao apagar a luz tive um acidente O suporte da lâmpada elétrica desatarraxou-se, eu toquei no fio e levei um choque. Afastei-me violentamente e bati o cotovelo com força na cabeceira, o que causou muita dor. A dor violenta era, contudo, na minha situação um verdadeiro alívio, pois me distraía um pouco de meus sentimentos internos. Assim, fiquei ali deitado algum tempo com um sentimento horrível, temendo dormir para não tomar consciência por meio de um sonho de toda a minha situação com toda clareza e ter de assumir o que houvesse de mais terrível ou perder a razão. Então adormeci e não sonhei mais ou não sonhei mais com aquela coisa. De manhã cedo senti-me normal. Agora estou bem abatido e fatigado.

Como disse, esta noite me dei conta da minha total nulidade. Deus dignou-se a mostrá-la para mim. Enquanto isso pensei continuamente em Kierkegaard[3] e acreditei que meu estado era o de "temor e tremor"[4].

16/1/1922

Para amanhã: A – Repetição: A viagem de Magalhães. Aproveitando essa viagem Polinésia. Origem das ilhas da Polinésia. Recifes de coral. Muito

---

3. Trata-se de Sören Kierkegaard (1813-1855). Wittgenstein leu vários textos de Kierkegaard e muito frequentemente se manifestou sobre o filósofo dinamarquês. Certa vez ele observou que na estética de Kierkegaard já haveria "gotas de vermute" (*Denkbewegungen*, p. 123); ele via Kierkegaard como uma "pessoa realmente vivaz" – ao contrário dele mesmo, que vivia em uma espécie de semissono ou torpor (ver *Denkbewegungen*, p. 135 s.). Em outra passagem, ele escreveu: "Minha consciência me atormenta & não me deixa trabalhar. Li alguns escritos de Kierkegaard, isso me fez ficar mais intranquilo do que estava. Não quero sofrer; é isso que me intranquiliza. Não quero renunciar a qualquer conforto ou a um prazer." (*Denkebewegungen*, p. 166). Ver também *Denkebewegungen*, p. 204: "O puro possui uma dureza que é difícil de suportar. Por isso, aceitam-se mais facilmente as exortações de um Dostoiévski do que as de um Kierkegaard. Um está ainda pressionando, ao passo que o outro já está cortando."
4. Temor e tremor: ver Sören Kierkegaard, *Furcht und Zittern/Wiederholung*, Jena, Eugen Diederichs Verlag, 1909.

TEXTO 2

“O SER HUMANO NA CAMPÂNULA VERMELHA”

(FRAGMENTO DE CARTA)

Geist
~~Das Große kommen einer Kultur ist der Geist dieser Kultur in ihre verschiedenen Lebensaltern.~~

Wenn man seine (religiöse) [geistige] Ideal[e] mit andern
[v]ergleicht so kann man die Ideale
der verschiedenen Kulturen mit den gefärbten
Lichtern vergleichen die entstehen wenn das
reine Licht durch gefärbte Gläser ~~[illegible]~~
scheint. Denke Dir einen Menschen der von
seiner Geburt an immer in einem Raum lebt
in welchem das Licht nur durch rote Scheiben
eindringt. Dieser wird sich vielleicht nicht
vorstellen können daß es ein anderes Licht
als das seine (das rote) gebe er wird die rote
[illegible]
betrachten ja in gewisser Weise wird er das
Rote des Lichtes das ihn umgibt überhaupt
nicht merken. Mit andern Worten: Er wird
dies Licht für das Licht halten und nicht
für eine besondere Art der Trübung des reinen
Lichtes (die es doch in Wirklichkeit ist). Dieser ~~[illegible]~~
Mensch bewegt sich nun in seinem Raum umher
besieht sich die Gegenstände, beurteilt sie etc.
Da nun aber sein Raum nicht der Raum ist
sondern nur ein von rotem Glas begrenzter Teil
des Raumes so wird er unbedingt wenn er
nur weit genug bewegt an die Grenze dieses Raumes
stoßen. Dann kann verschiedenes geschehen:
Eine wird die Grenzen [illegible] erkennen

er kann aber das Glas nicht durchbrechen
und wird nun resignieren. Er wird sagen
„Also war mein Licht doch wohl nicht
das Licht. Das Licht ~~konnte~~ ~~Wi~~ man aber nie
suchen uns mit ~~den~~ unseren Zeitumständen zufrieden geb[en]
Dieser Mensch wird dann entweder humoristisch
oder ~~[illegible]~~ melancholisch werden
oder beides abwechselnd. Denn der Humor
& die Melancholie sind Zustände des resignierenden Menschen. Daher kennt sie der Mensch
ehe er an die Grenze seines Raumes gekommen
ist nicht obwohl er natürlich auch lustig
& traurig sein kann (aber lustig und traurig
ist nicht humorvoll & melancholisch)
werden. Ein anderer Mensch wird an die Umgrenzung
des Raumes [illegible]
ganz klar darüber daß es die Umgrenzung
ist und umkreist die Sache als wäre es
an einem Körper innerhalb des Raumes g[...]
~~Er~~ Für diesen ändert sich eigentlich nichts
lebt weiter wie früher.
Ein Dritter endlich sagt: ich muß hindurch
in den Raum und das Licht. Er durchbricht
das Glas und tritt aus seiner Begrenzung ~~Raum~~ ins
Freie. Der Mensch in der roten Glasglocke
~~Man~~ ~~Die~~ Anwendung: Die Menschheit mit einer
bestimmten Kultur ~~zum Beispiel~~ in der abendländischen die etwa mit ~~[illegible]~~ der Völkerwanderung angefangen
und im 18 Jahrhundert einen ihrer Gipfel – ich
glaube ihren letzten – erreicht hat. ~~Doch~~

ist das Ideal und das getrübte Licht
das Kulturideal. Dieses wird solange
für das Ideal gehalten solange die Menschen
noch nicht an die Grenze dieser Kultur
gekommen ist. Früher oder später aber wird
~~[illegible]~~ sie an diese Grenze kommen denn jede
Kultur ist nur ein begrenzter Teil des
Kosmos. Seit dem Anfang des 19 Jah.
(der geistige) ist die Menschheit an die
Grenze der abendl. Kultur getreten.
Und nun stellt sich die Säure ein: die
Melancholie & der Humor (denn ~~[illegible]~~ beide sind
sauer) Und nun kann man freilich sagen
Jeder bedeutende Mensch des 19 (& 20
Jh) ist entweder Humorist oder Melancho-
und zwar um so intensiver je bedeutender er ist,
liker (oder beides) oder er durchbricht die
Begrenzung und wird religiös [und da
geschieht es freilich auch daß einer den
Kopf schon ~~[illegible]~~ ins Freie gesteckt
hat ihn aber durch das ~~[illegible]~~ Licht geblendet wieder
zurückzieht und nun, mit schlechtem
Gewissen, in der Glasglocke weiterlebt.] Man
kann also sagen: Der bedeutende
Mensch hat es immer irgendwie mit dem Licht
zu tun (~~[illegible]~~ das macht ihn bedeutend)
lebt er innerhalb der Kultur so hat er's
mit dem gefärbten Licht zu tun kommt er
an die Grenze der Kultur so hat er's mit

mit ~~die~~ Streiche auseinanderzusetzen

und nun ist's diese Auseinandersetzung

ihrer Art + Intensität die uns an ihm

interessiert die uns an seine Werke er-

Je intensiver desto mehr je weniger

intensiv desto weniger. Ein Talent wie

auch noch so außergewöhnlich welches

die Grenze ~~zwar~~ Gefühl bot [illegible] sich aber

mit ihr nur [illegible] seicht + nebulos ~~[illegible]~~

abfindet kann uns durch seine Spiel

auch durch die schönste (sie hat viel

eigentlich jetzt das wesentliche der Schönheit verloren und

~~[illegible]~~ gefalle uns nur noch weil sie uns

~~die Schönheit einer vergangenen~~ das von einer

vergangenen Zeit [illegible] wiedererkennen) ~~[illegible]~~

~~[illegible]~~

~~[illegible]~~ nicht mehr ergreifen; anstatt etwas dort

es sieht ~~[illegible]~~ doch auf [zu einer tieferen Auseinandersetzung] Das glaube

ist der Fall Mendelssohn. Die Eigenart

d. i. die Originalität – auch die ausgeprägteste

ist nicht was ergreift [Chopin möchte uns

mehr als alle ergreifen] – sie ist sozusagen [illegible]

nur ein [illegible] chaos. Die Auseinandersetzung

mit dem Gedicht, ergreift. – Für dies mal genug.

Ich will diesen Freitag (1.2./10) nach Wien kommen

~~wenn nicht~~ und bitte Euch mich durch eine

Nachricht in die Kirchberggasse wissen zu lassen

ob ihr noch in Neuwaldegg oder in der Kleyergasse

bleibt. Wenn noch etwas, bitte [illegible] zu

und melde mich für Samstag vormittag oder nachmittag + Sonntag

DIPLOMATISCHE FASSUNG

⫪	markierte Einfügung, wobei der eingefügte Text zumeist etwas über den Wörtern des durchlaufenden Textes steht.
Text	unterstrichener Text
Text	mit Wellenlinie unterstrichener Text
Text	Unterstreichung widerrufen
~~Text~~	durchgestrichener Text oder durchgestrichene Interpunktion
~~Text~~	durchgestrichener Text, dann widerrufen.
⊗	unlesbare Silbe oder unlesbares Wort.
<>	Einfügung in der Zeile, in einem Wort oder am Rand.
[a|A]	a mit A überschrieben.
A	Überschreibung eines Buchstaben oder Wortes, wobei das zuerst Geschriebene nicht mehr lesbar ist.

~~Der Geist~~
~~[Di/der] Großten Männer einer Kultur ist der Geist~~
~~in ihren verschiedenen~~
~~in dieser Kultur~~

~~Lebensaltern.~~

geistige
man das
Wenn ⊤ _d.as_ reine (⊤ religiöse)

Ideal) mit weißem Licht vergleicht so kann man _di.e_
Ideal_e_ der verschiedenen Kulturen mit den^[1] gefärbten
Licht<ern>, vergleichen die^[2] entstehen^[3] wenn das
reine
~~weiße~~ Licht durch gefärbte Gläser^[4]
scheint. Denke Dir einen Menschen der von seiner
Geburt an immer in einem Raum lebt in welchen das
Licht nur durch rote Scheiben eindringt. Dieser wird
sich vielleicht nicht vorstellen können daß es einen
anderes Licht als das seine (das rote) gebe er wird
die rote Qualität als^[5] dem Licht ⊗ wesentlich^[6] betrachten ja
in gewisse Sinne wird er die Röte des Lichtes das
ihn umgibt überhaupt nicht merken. Mit andern
Worten: Er wird sein Licht für das Licht halten und
~~wie~~
nicht für eine besondere Art der Trübung des einen^[7]
Lichtes (die es doch in Wirklichkeit ist). Dieser
~~er möge sehr groß sein~~
Mensch bewegt sicht nun in seinen Raum ⊤ umher
besieht sich die Gegenstände, beurteilt sie etc.

Da nun aber sein Raum

nicht der Raum ist sondern nur ei<n> – von rotem Glas

begrenzter – Teil des Raumes so wird er unbedingt

wenn er sich nur weit genug bewegt an die Grenzen

dieses Raums stoßen. Dann kann Verschiedenes

Geschehen: Der eine wird die ~~Gren~~ Begrenztheit nun

erkennen

er kann aber das Glas nicht durchbrechen und wird nun resignieren. Er wird sagen: „A^[8]lso war mein Licht doch wohl nicht das Licht. Das Licht können^[9] wir^[10] nur ahnen und müssen^[11] uns mit ~~dem~~ unserem getrübten zufrieden geben." Dieser Mensch wird dann entweder humoristisch^[12] oder ~~trübsinn~~ melancholisch werden oder beides abwechselnd. Denn der Humor + die Melancholie sind [z|Z]ustände des resignie renden Menschen. Daher kennt sie der Mensch ehe er ⫪ an die Grenze seines Raumes gekommen ist nicht obwohl er natürlich auch lustig + traurig sein kann (aber lustig und traurig ist nicht humorvoll + melancholisch) weiter. Ein anderer Mensch wird an die Umgren<zung> des Raumes anstoßen wird sich aber^[13] nicht^[14] ganz klar darüber daß es die Umgrenzung ist und [nicht|nimmt] die Sache als wäre er an einen Körper innerhalb des Raumes gestoßen.^[15] ~~Ein⊗~~ Für diesen ändert sich eigentlich nichts er lebt weiter wie früher.^[16]

Ein Dritter endlich sagt: i^[17]ch muß hindurch in den Raum und das Licht. Er durchbricht das Glas und tritt aus seiner^[18] ~~Raum~~ Begrenzung aus und ins

Freie.^19

roten
Der M^21ensch <in> der Glasglocke ist
~~Nun~~ D^20ie Anwendung: d^22ie Menschheit in einer

bestimmten

Kultur zum Beispiel in der abendlän-dischen die
etwa mit
~~vor der~~ Völkerwanderung angefangen und im 18

Jahrhunden einen ihrer Gipfel – ich glaube ihre

letzten – erreicht hat. [Da de|Das] Licht

ist das Ideal und das getrübte Licht das

Kulturideal. Dieses wird solange für das Ideal

solange
gehalten ~~als~~ die Menscheit noch nicht an die

Grenzen dieser Kultur gekommen ist. Früher oder später

aber <wird>, ~~muß~~ sie an diese Grenze kommen de jede

Kultur ist nur ein begrenzter Teil des Raumes.– Mit

dem Anfang ds 19 Jahr-h. (des geistigen) ist die

Menscheit an die Grenze der abendl. Kultur

gestoßen. U[^23]nd nun stellt sich die Säure ein: die

Melancholie + der Humor (den ~~sie~~ beide sind sauer)Und

nun kann man freilich sagen Jeder bedeutende Mensch

dieser Zeit ([d|des] 1[8|9] Jahrh.) ist entweder Humorist

und um so intensiver je bedeutender er ist;
oder Melancho-liker (oder beides) oder er

durchbricht die Begrenzung und wird religiös [und da

geschieht es freilich auch daß einer den Kopf schon

~~aus dem Loch~~ in<s> Freie gesteckt hat ihn aber

durch das
~~vom~~ Licht geblendet wi<e>der zurückzieht und

nun, mit schlechtem Gewissen, in der Glasglocke

weiterlebt.] Man kann also sagen: Der bedeutende Mensch

irgendwie
hat es immer ╥ mit dem Licht

zu tun ~~(und~~ das

macht ihn bedeutend) lebt er inmitten der Kultur so

hat er s[^26] mit dem gefärbten Licht zu tun kommt[^27] er an

die Grenze der Kultur so hat er sich

mit ~~diesem Berei~~ [ch|ihr] auseinanderzusetzen. und nun ist
es diese Auseinandersetzung ihre Art + Intensität die
uns an ihm interessiert die uns an seinem Werke <u>ergreift</u>
Je intensiver desto mehr je weniger intensiv desto weniger.
Das Talend wenn auch noch so außergewöhnlich^[29]
welches die Grenze ~~zwar~~ ^[30] gefühlt hat ~~aber~~ sich aber mit
ihr nur ~~in seichter + nebuloser Weise~~ abfindet kann uns
durch seine Spiele auch durch die schönsten (sie haben
vielmehr^[31]
jetzt
eigentlich das wesentliche der Schönheit
verloren und ~~erinnern uns~~ gefalle uns nur noch weil sie
uns an ~~die Schönheit einer vergangenen~~ das was in
einer vergangenen Zeit schön war erinnern) ~~dieses~~
~~Talent kann uns nun durch seine schönsten Spiele~~
zu einer tieferen Außeinandersetzung
nicht mehr <u>ergreifen</u>; außer dort wo es sich~~t nun~~ doch ⊤
aufrafft. Das – glaube ich – ist der Fall Mendelsohn. Die
Eigenart – ~~d~~.i. die Originalität – auch die ausgeprägteste ist
<u>nicht</u> was ergreift [Sonst mußte uns Wagner mehr als
A^[32]lle ergreifen] – sie ist sozusagen etwas nur
Geist, mit dem
animalisches. <u>Die Auseinandersetzung mit dem Licht</u>,
<u>ergreift</u>. – Für dies mal genug.

diesen
Ich w<i>ll Freitag (d.2.[9|10].) nach Wien

kommen – ~~wenn nichts~~ und bitte Dich mich durch eine

Nachricht in die Kriehubergasse wissen zu lassen ob

ihr noch in Neuwaldegg oder in der Alleegasse

seid. ~~Und~~ nun noch etwas Bitte sei so gut und melde
vormittag oder Nachmittag
mich für Samstag + Sonntag

1 [m|n]
2 [das|die]
3 [t|en]
4 [sscheiben|ser]
5 orig dem Licht wesentlich
6 orig
7 n ?
8 [a|A]
9 [ann|önnen]
10 [ich|wir]
11 [uß|üssen]
12 [voll|<u>istisch</u>]
13 orig
14 nicht? Schwer leserlich
15 orig
16 nline
17 [I|i]
18 [m|r]
19 newline
20 [d|D]
21 [m|M]
22 [D|d]
23 [u|U]
24 orig
26 orig
27 wir da
28 orig
29 [ordentlich|gewöhnlich]
30 deletion
31 vielleicht viele?
32 [a|A]

NORMALISIERTE FASSUNG

Wenn man da**s** reine geistige (das religiöse) Ideal mit weißem Licht vergleicht so kann man die Ideale der verschiedenen Kulturen mit den gefärbten Lichtern vergleichen die entstehen wenn das reine Licht durch gefärbte Gläser scheint. Denke Dir eine**n** Menschen der von seiner Geburt an immer in einem Raum lebt in welchen das Licht nur durch rote Scheiben eindringt. Dieser wird sich vielleicht nicht vorstellen können daß es **ein** anderes Licht als das seine (das rote) gebe er wird die rote Qualität als dem Licht wesentlich betrachten ja in gewisse**m** Sinne wird er die Röte des Lichtes das ihn umgibt überhaupt nicht merken. Mit anderen Worten: Er wird sein Licht für das Licht halten und nicht für eine besondere Art der Trübung des einen Lichtes (die es doch in Wirklichkeit ist). Dieser Mensch bewegt si**ch** nun in seine**m** Raum umher besieht sich die Gegenstände, beurteilt sie etc. Da nun aber sein Raum nicht der Raum ist sondern nur ein – von rotem Glas begrenzter – Teil des Raumes so wird er unbedingt wenn er sich nur weit genug bewegt an die Grenzen dieses Raums stoßen. Dann kann Verschiedenes Geschehen: Der eine wird die Begrenztheit nun erkennen er kann aber das Glas nicht durchbrechen und wird nun resignieren. Er wird sagen: „Also war mein Licht doch wohl nicht das Licht. Das Licht können wir nur ahnen und müssen uns mit unserem getrübten zufrieden geben." Dieser Mensch wird dann entweder humoristisch oder melancholisch werden oder beides abwechselnd. Denn der Humor + die Melancholie sind Zustände des resignierenden Menschen. Daher kennt sie der Mensch ehe er an die Grenze seines Raumes gekommen ist nicht obwohl er natürlich auch lustig + traurig sein kann (aber lustig und traurig ist nicht humorvoll + melancholisch) weiter. Ein anderer Mensch wird an die Umgrenzung des Raumes anstoßen wird sich aber nicht ganz klar darüber daß es die Umgrenzung ist und nimmt die Sache als wäre er an einen Körper innerhalb des Raumes gestoßen. Für diesen ändert sich eigentlich nichts er lebt weiter wie früher.

Ein Dritter endlich sagt: ich muß hindurch in den Raum und das Licht. Er durchbricht das Glas und tritt aus seiner Begrenzung aus und ins Freie.

Die Anwendung: Der Mensch in der roten Glasglocke ist die Menschheit in einer bestimmten Kultur zum Beispiel in der abendländischen die etwa mit **der** Völkerwanderung angefangen und im 18 Jahrhunde**rt** einen ihrer Gipfel – ich glaube ihre**n** letzten – erreicht hat. Das Licht ist das Ideal und das getrübte Licht das Kulturideal. Dieses wird solange für das Ideal gehalten solange die Mensch**h**eit noch nicht an die Grenzen dieser Kultur gekommen ist. Früher oder später aber wird sie an diese Grenze kommen de**nn** jede Kultur ist nur ein begrenzter Teil des Raumes. – Mit dem Anfang d**e**s 19 Jahrh. (des geistigen) ist die Mensch**h**eit an die Grenze der abendl. Kultur gestoßen. Und nun stellt sich die Säure ein: die Melancholie + der Humor (den**n** beide sind sauer) Und nun kann man freilich sagen Jeder bedeutende Mensch dieser Zeit (des 19 Jahrh.) ist entweder Humorist oder Melancholiker (oder beides) und um so intensiver je bedeutender er ist; oder er durchbricht die Begrenzung und wird religiös [und da geschieht es freilich auch daß einer den Kopf schon ins Freie gesteckt hat ihn aber durch das Licht geblendet wieder zurückzieht und nun, mit schlechtem Gewissen, in der Glasglocke weiterlebt.] Man kann also sagen: Der bedeutende Mensch hat es immer irgendwie mit dem Licht zu tun (das macht ihn bedeutend) lebt er inmitten der Kultur so hat er es mit dem gefärbten Licht zu tun kommt **er** an die Grenze der Kultur so hat er sich mit ihr auseinanderzusetzen und nun ist es diese Auseinandersetzung ihre Art + Intensität die uns an ihm interessiert die uns an seinem Werke ergreift

Je intensiver desto mehr je weniger intensiv desto weniger. Das Talen**t** wenn auch noch so außergewöhnlich welches die Grenze gefühlt hat sich aber mit ihr nur seicht + nebulos abfindet kann uns durch seine Spiele auch durch die schönsten (sie haben vielmehr eigentlich jetzt das wesentliche der Schönheit verloren und gefalle**n** uns nur noch weil sie uns an das was in einer vergangenen Zeit schön war erinnern) nicht mehr ergreifen; außer dort wo es sich doch zu einer tieferen Außeinandersetzung aufrafft. Das – glaube ich – ist der Fall Mendel**s**sohn. Die Eigenart – d.i. die Originalität – auch die ausgeprägteste ist nicht was ergreift [Sonst müßte uns Wagner mehr als Alle ergreifen] – sie ist sozusagen etwas nur animalisches. <u>Die Auseinandersetzung mit dem Geist, mit dem Licht</u>, ergreift. – Für dies mal genug.

Ich will diesen Freitag (d.2./10.) nach Wien kommen und bitte Dich mich durch eine Nachricht in die Kriehubergasse wissen zu lassen ob ihr noch in Neuwaldegg oder in der Alleegasse seid. nun noch etwas Bitte sei so gut und melde mich für Samstag vormittag oder Nachmittag + Sonntag

Erläuterungen zu Text 2:

Grenze: nicht klar leserlich, ob Grenze oder Grenzen.

wirda: nicht klar leserlich, ob mit „er an“ überschrieben.

vielmehr: nicht klar leserlich.

Mendelsohn: Felix Mendelssohn-Bartholdy (1809-1847): Wittgensteins Bemerkungen über Mendelssohn sind vielfälting: im MS 107, S. 72 (1929) schreibt er, daß die Tragödie „etwas unjüdisches“ sei. (zit. Nach VB, S. 22). Im MS 156b 24v (ca. 1932-1934) heißt es: „Wenn man das Wesen der Mendelssohnschen Musik charakterisieren wollte, so könnte man es dadurch tun daß man sagte es gäbe vielleicht keine schwer verständliche Mendelssohnsche Musik.“ (zit. Nach VB, S. 56). Drury gegenüber bemerkte Wittgenstein allerdings, daß Mendelssohns Violinkonzert das letzte große Violinkonzert sei, das je geschrieben wurde. Im zweiten Satz gebe es eine Stelle, die zu den großartigsten Momenten der Musik gehöre. (Vgl. Porträits und Gespräche, S. 160).

d. i.: Gedankenstrich über dem „d“.

Wagner: Richard Wagner (1813-1883): Vgl. Dazu eine Eintragung Wittgensteins vom 7.7.1941, zit. Nach VB, S. 86: „Wagners Motive könnte man musikalische Prosasätze nennen. Und so, wie es 'gereimte Prosa' gibt kann man diese Motive allerdings zur melodischen Form zusammenfügen, aber sie ergeben nicht *eine* Melodie. Und so ist auch das Wagnersche Drama kein Drama, sondern eine Aneinanderreihung von Situationen, die wie auf einem Faden aufgefädelt sind, der selbst nur klug gesponnen aber nicht, wie die Motive & Situationen, inspiriert ist."

Kriehubergasse: in der Kriehubergasse 25, im V. Bezirk von Wien, war die Wohnung von Ludwig Hänsel. Wittgenstein arbeitete zur Zeit der Abfassung des Brief-Fragments als Volksschullehrer in Otterthal im Bezirk Neunkirchen, Niederösterreich; bei seinen Besuchen in Wien wohnte er des öfteren bei der Familie Ludwig Hänsel. Vom 14.6.1926 bis zum 11.10.1927 war er dort sogar gemeldet.

Neuwaldegg: in der Neuwaldeggerstraße 38, im XVII. Bezirk Wiens, besaßen die Wittgensteins eine Sommervilla, die in den Siebzigerjahren abgerissen wurde.

Alleegasse: Wohnsitz der Familie Wittgenstein in der Allegasse 16 im IV. Bezirk, in einem von Karl Wittgenstein adaptierten Stadtpalais, in der Nähe der Karlskirche. Später wurde die Alleegasse in „Argentinierstraße" umbenannt. Das Palais Wittgenstein wurde im Zweiten Weltkrieg beschädigt und ist mittlerweile abgerissen.

VERSÃO NORMALIZADA

Se compararmos o ideal puramente espiritual (religioso) com a luz branca, então poderemos comparar os ideais das diversas culturas com as luzes coloridas que surgem quando a luz pura brilha através de vidros coloridos. Imagine uma pessoa que desde o nascimento sempre viveu em um lugar no qual a luz penetra apenas através de vidraças vermelhas. Essa pessoa talvez não possa imaginar que existe **uma** outra luz além da sua (a vermelha) ela irá encarar a qualidade vermelha como essencial à luz em certo sentido não se dará conta da cor vermelha da luz que a cerca. Em outras palavras: Tomará sua luz por a luz e não por um tipo especial de turvação da luz (o que na realidade ela é). Essa pessoa se movimenta então ao redor de seu espaço, contempla os objetos, julga-os etc. Mas dado que o seu espaço não é o espaço, mas apenas uma parte do espaço – limitada pelo vidro vermelho –, então ela forçosamente esbarrará nos limites desse espaço se se movimentar para suficientemente longe. Então podem ocorrer coisas diferentes: primeiro reconhecerá a limitação mas não conseguirá romper o vidro e se resignará. E dirá: “Então a minha luz não era afinal a luz. Podemos apenas pressentir a luz tendo de nos dar por satisfeitos com a nossa luz turva.” Essa pessoa ficará então bem-humorada ou melancólica ou os dois alternadamente. Pois o humor + a melancolia são estados de espírito da pessoa resignada. Por isso as pessoas não conhecem esses estados de espírito antes de chegar aos limites de seu espaço embora naturalmente elas possam ser alegres + tristes (mas alegre e triste não é bem-humorado + melancólico). Uma outra pessoa irá topar com o limite do espaço mas não terá clareza de que se trata do limite e tomará a coisa como se tivesse topado com um corpo dentro do espaço. Para essa pessoa não há efetivamente nenhuma alteração, e ela continua a viver como antes.

Uma terceira pessoa finalmente diz: Tenho de atravessar o espaço e a luz. Ela quebra o vidro e sai dos seus limites para o espaço aberto.

A aplicação: O ser humano na campânula vermelha é a humanidade em uma determinada cultura, por exemplo, a ocidental que começou aproximadamente com a migração dos povos e que no século XVIII atingiu seu ápice – creio que seu último. A luz é o ideal, e a luz turva o ideal da cultura. Este é tido como o ideal enquanto a humanidade ainda não atingiu os limites dessa cultura. Porém, mais cedo ou mais tarde ela atingirá esses limites, pois toda cultura é apenas uma parte limitada desse espaço. – No começo do século XIX (o espiritual) a humanidade deparou-se com os limites da cultura ocidental. E então aparece a acidez: a melancolia + o humor (pois ambos são ácidos) E pode-se, então, com certeza dizer: Toda pessoa importante desse tempo (o século XIX) ou é bem-humorada ou melancólica (ou ambos) e de maneira tão mais intensa quanto mais importante ela for; ou ela rompe com os limites e torna-se religiosa [e também acontece certamente que alguém que já tenha colocado a cabeça para fora fique ofuscado pela luz, volte para dentro e, com a consciência ruim, continue a viver na campânula.] Pode-se, portanto, dizer: uma pessoa importante tem sempre, de alguma maneira, relação com a luz (isso a torna importante) se ela vive no meio da cultura, então tem relação com a luz colorida se chega aos limites da cultura então tem de se confrontar com essa cultura, e é então esse confronto sua forma + intensidade que nos interessa nela o que nos prende à sua obra.

Quanto mais intenso mais nos prende, quanto menos intenso menos nos prende. O talento – ainda que tão extraordinário que tenha tocado os limites, mas que tenha se conformado com eles de uma maneira apenas superficial + nebulosa – não pode nos *prender* mais por meio dos seus jogos, mesmo dos mais belos (eles, ao contrário, perderam mais propriamente o essencial da beleza e nos agradam somente porque nos fazem recordar algo bom de um tempo passado); com exceção de lá onde ocorre um confronto mais profundo. Este – creio – é o caso de Mendelssohn[1]. A

1. Trata-se de Felix Mendelssohn-Bartholdy (1809-1847). Wittgenstein escreveu várias observações sobre Mendelssohn. No MS 107, p. 72 (1929), ele escreve que Mendelssohn seria "o menos trágico dos compositores", no contexto que dizia que a tragédia seria "algo não judaico" (citado segundo *Vermischte Bemerkungen*, p. 22). No MS 156b, 24v (aprox. 1932-1934), está escrito: "Se se quisesse caracterizar a essência da música de Mendelssohn, então poder-se-ia fazê-lo dizendo que não haveria talvez nenhuma música de Mendelssohn difícil de compreender." (Citado segundo *VB*, p. 56.) Wittgenstein disse a Drury, entretanto, que o Concerto para Violino de Mendelssohn foi o último grande concerto para violino composto. Haveria, no segundo movimento, passagens que

particularidade – isto é, a originalidade –, mesmo a mais pronunciada, não é o que prende [senão Wagner[2] teria de nos prender mais do que todos] – ela é por assim dizer algo de natureza apenas animal. O confronto com o espírito, com a luz, arrebata. – Basta disso.

Quero ir a Viena nesta sexta-feira (2/10) e peço a você para deixar um recado na Kriehubergasse[3], avisando se vocês ainda estarão em Neuwaldegg[4] ou na Alleegasse[5]. mais um favorzinho seja legal e me anuncie para a manhã de sábado ou para a tarde de sábado + domingo.

---

pertenceriam aos mais grandiosos momentos da música. (Ver *Porträts und Gespräche*, p. 160.)

2. Trata-se de Richard Wagner (1813-1883). Sobre ele há uma observação de Wittgenstein de 7/7/1941, citado segundo *VB*, p. 86: "Os motivos de Wagner podem ser chamados de frases musicais em prosa. E assim como há prosa rimada, podem-se reunir esses motivos em uma forma melódica, mas eles não constituem *uma* melodia. E assim também o drama de Wagner não é um drama, mas um alinhamento de situações ligadas por um fio, que apenas é tramado de uma maneira inteligente, mas não, como os motivos & situações, inspirada."
3. Na rua Kriehubergasse, 25, n. 5º, distrito de Viena, residia Ludwig Hänsel. Wittgenstein trabalhava na época em que escreveu o fragmento de carta como professor do ensino médio em Otterthal, no bairro de Neunkirchen, Baixa-Áustria, em suas visitas a Viena, muito frequentemente ele se hospedava junto à família de Ludwig Hänsel. De 14/6/1926 a 11/10/1927, ele foi até mesmo registrado nesse endereço pelas autoridades públicas competentes.
4. Na rua Neuwaldeggerstrasse, 38, n. 17º, distrito de Viena, os Wittgenstein possuíam uma casa de veraneio, que foi demolida nos anos 1970.
5. Na rua Allegasse, 16, n. 4º, distrito de Viena, nas imediações da Karlskirche, residia a família Wittgenstein em um palácio municipal adaptado por Karl Wittgenstein. Mais tarde, o nome dessa rua foi mudado para "Argentinierstrasse". O palácio dos Wittgenstein foi danificado na Segunda Guerra Mundial e demolido depois.

Luz e sombras: pensamentos sobre os textos de Wittgenstein

Ilse Somavilla

"Livrar-se dos sofrimentos do espírito significa livrar-se da religião."[1]

Ao examinarmos o espólio de Wittgenstein – os manuscritos filosóficos, diários e também cartas –, deparamo-nos sempre com imagens, metáforas que possuem em parte natureza fictícia, em parte são apresentadas como exemplos de sua vida pessoal para elucidar problemas existenciais ou filosóficos.

Esse é o caso especialmente das questões religiosas e éticas, em relação às quais Wittgenstein não pretendia elaborar nenhuma teoria. Ele recusa toda tentativa de uma sistematização verbal ou científica. Permanece, entretanto,

1. Ludwig Wittgenstein, *Denkbewegungen*, p. 191.

sua busca por uma resposta a essas questões essenciais para ele. Sua luta por uma compreensão dos "problemas vitais", que por meio da resposta às questões científicas não "teriam sido nem tocados"[2], não pode ser ignorada. De seus escritos depreende-se seriedade. Tal seriedade manifesta-se em uma francamente desesperada busca por clareza e verdade e pode ser observada mesmo em seu estilo e modo de escrever.

O quanto Wittgenstein sofria com suas "viagens"[3] e incursões para a descoberta e "dissolução" de problemas filosóficos (pois uma solução lhe parecia impossível) é visível a partir das quase ilimitadas variações de proposições, palavras, ditados etc. E isso não apenas em relação à forma da expressão linguística, mas também em relação ao conteúdo, aos diversos temas que, independentemente da formação estrutural em uma obra musical, sempre retornam.

O elevado grau de exigência que Wittgenstein se impõe como filósofo ao escrever seus textos nasce de um impulso ético e deve ser visto em estreita conexão com o ethos que ele, também em sua vida pessoal, procurava satisfazer. A complexidade de seus apontamentos dá testemunho de suas lutas internas, de seu sofrimento com os limites da linguagem. Tais apontamentos dão a impressão de uma alternância entre luz e sombras.

---

2. Ver *Tractatus Logico-Philosophicus*, prop. 6.52.
3. Ver o prefácio de *Philosophische Untersuchungen* [Investigações filosóficas].

Em seus esforços por clareza filosófica e pessoal o próprio Wittgenstein fala frequentemente por meio da ajuda de metáforas como a da escuridão e da luz.

Dessa maneira, com frequência se encontram já em seus primeiros escritos – os apontamentos feitos durante a Primeira Guerra Mundial – apelos ao "espírito", muitas vezes sob influência do escrito de Tolstói *Kurze Darlegung des Evangelium* [Breve exposição do Evangelho]. A aspiração por renovação moral é, ao mesmo tempo, uma aspiração por uma vida no espírito, que para Wittgenstein é idêntica a uma vida na luz.

Mas também em seu trabalho filosófico – Wittgenstein trabalhava naquele tempo no ainda incompleto manuscrito do *Tractatus Logico-Philosophicus* – a metáfora da luz já detém um importante papel – semelhante à "palavra redentora", que deveria igualmente libertá-lo da confusão e da escuridão dos problemas filosóficos e pessoais. Seus apelos recorrentes ao "espírito" com o pedido de "iluminação" em seus raciocínios filosóficos alternam-se com o pedido de ajuda em sua miséria totalmente pessoal, em seus esforços para se tornar uma pessoa "mais decente" – "livre por meio do espírito". O espírito identificado com a luz é visto como fonte de iluminação, como inspiração para seu trabalho filosófico, e também como interlocutor divino. "Que o espírito me ilumine"[4] – "Deus me ilumine! Deus me ilumine! Deus ilumine a minha alma!"[5] – "Vivo com esforço. Ainda não fui iluminado"[6] – "Cambaleio e ainda caio sempre na escuridão. Ainda não acordei para a vida"[7].

No contexto filosófico, a luz está ligada principalmente à clareza, à transparência, à diafaneidade – como metáfora para suas tentativas de obter solução, iluminação para a escuridão dos problemas filosóficos. Em oposição a isso, a incompreensão é descrita por meio de expressões, tais como falta de clareza, escuridão, "turvação de nosso olhar"[8]. Wittgenstein descreve seus penosos raciocínios, o processo do próprio filosofar como "pensamentos que buscam a luz"[9].

O impulso para seu filosofar parece vir de uma outra fonte "mais elevada", de uma "luz" que é necessária para estimular nele[10] o pensamento. Essa luz, que não é caracterizada por Wittgenstein de uma maneira mais precisa, poderia ser vista como uma espécie de impulso espiritual que coloca

4. MS 101, 15/9/1914.
5. MS 103, 29/3/1916.
6. MS 103, 10/4/1916.
7. MS 103, 13/4/1916.
8. MS 114, 223.
9. *Vermischte Bemerkungen*, p. 96.
10. Ver MS 107, p. 155 s.: "Ainda não posso trabalhar metodicamente, aliás, simplesmente não posso trabalhar. A região filosófica de meu cérebro permanece ainda na escuridão. E somente quando a luz for novamente acesa o trabalho voltará a se desenrolar".

seus pensamentos em movimento. Por meio de um trabalho penoso, esses pensamentos são, então, moldados, transformados, retirados de uma inicialmente obscura confusão e trazidos à luz. Só então eles podem assumir uma forma e ser enunciados, formulados. O desespero que acompanha os processos mentais de Wittgenstein lembra o processo de trabalho de um artista, que, de maneira semelhante, "vaga" através da luz e das sombras, até que consegue representar em sua obra o que está diante de seus olhos.

A metáfora da luz, em conexão com a elucidação de problemas filosóficos, é empregada também na "iluminação", que ocorre a partir de diversos pontos de vista, da descoberta de diferentes aspectos de uma palavra, de um objeto, de um problema, do ato de "ver aspectos" que caracteriza Wittgenstein em suas investigações filosóficas. O interesse filosófico de Wittgenstein fica claro quando, na abordagem de um fenômeno, ele conduz o leitor a reflexões sempre novas e, por meio disso, procura incitá-lo a ter seus próprios pensamentos. Trata-se do desejo de "lançar luz em um ou outro cérebro nas trevas deste tempo"[11].

O componente ético-religioso, que pode ser percebido especialmente nos diários escritos na época da guerra, transparece sempre também nos anos posteriores: pensamentos

11. Ver o prefácio de *Philosophische Untersuchungen.*

só seriam, então, bons quando fossem iluminados por uma "outra luz". Pois: "A luz do trabalho é uma bela luz, mas ela só ilumina de uma maneira realmente bela quando é iluminada por uma outra luz"[12]. Frequentemente ele reflete sobre o valor de seu trabalho: ele coloca o ethos desse trabalho em questão, sentindo nele a falta da postura religiosa:

> Vale a pena o esforço que faço? Só valerá se receber uma luz de cima. E é assim, – por que eu deveria me preocupar com o fato de que os frutos de meu trabalho não sejam roubados? Se o que escrevo for realmente valioso, como alguém poderia roubar de mim algo valioso? Se a luz de cima não estiver lá, então posso ser apenas habilidoso.[13]

Dúvidas afetam Wittgenstein no desenvolvimento de pensamentos filosóficos. Ele sempre se questiona se o que produz "realmente tem valor". "É bem possível que meus pensamentos recebam seu brilho, então, apenas de uma luz que se encontra atrás deles. Que eles não tenham luz própria."[14]

A proximidade em relação a uma outra esfera, ao campo religioso, é insinuada. Essa proximidade implica o reconhecimento da própria imperfeição, da própria insuficiência

12. Taschennotizbuch [livrete de apontamentos] 157a, 68v.
13. MS 134, 95.
14. MS 136, 80a 80. Ver também MS 168, 5r.

e, com isso, um tipo de modéstia diante do próprio trabalho, pois "verdadeira modéstia" seria um "assunto religioso", como afirma Wittgenstein[15]. Mais ainda: o homem religioso não se sente propriamente imperfeito, mas "*miserável*"[16].

Ele mesmo duvidava se algum dia teria fé, mas às vezes nutria a esperança de que estaria a caminho disso. Nesse caminho haveria dias em que sua fé seria ora mais luminosa ora mais sombria[17], do mesmo modo como ele sente sua vida "como que meio clara, meio sombria"[18]. O desespero que transparece em suas anotações nos diários oscila entre uma postura rebelde e uma submissa diante de um "Deus desconhecido", tal como Nietzsche expressa em um de seus poemas[19]. Tal como nos diários escritos durante a Primeira Guerra Mundial, os pedidos de Wittgenstein assumem a forma de orações, apresentando traços cristãos nas metáforas neles presentes. Permanece, contudo, em aberto aqui a questão do alcance do elemento retórico: "Ajude & ilumine! & que nenhuma escuridão possa abater-se sobre mim!"[20].

15. *Denkbewegungen*, p. 52.
16. *Vermischte Bemerkungen*, p. 92.
17. Ver *Denkbewegungen*, p. 223.
18. MS 108, 24: "Minha vida é muito estranha! Não sei quão clara ou obscura ela é. É como que meio clara, meio sombria." Pode-se comparar essa passagem com uma outra dos diários da década de 1930 em que ele descreve sua condição como "metade céu, metade inferno". (*Denkbewegungen*, p. 223).
19. Ver Friedrich Nietzsche, „Noch einmal eh ich weiterziehe [...]", *Gedichte*, p. 17.
20. *Denkbewegungen*, p. 223.

Na busca de seu elevado ethos, ele aspira a uma "claridade" com a pretensão da perfeição. Em termos morais e espirituais isso significa uma pureza (de coração)[21] que não tolera nenhuma "mancha", nenhum vestígio de torpeza. E, em termos filosóficos, significa uma clareza, uma transparência que não permite nenhuma turvação.

Em uma época de trabalho intelectual doloroso, durante um inverno na Noruega vivido em solidão, a saudade da luz – interna e externa, pessoal e filosófica – coloca-se em primeiro plano. Em seu medo de perder a razão, seu espírito lhe aparece apenas como uma "chama pequena e fraca" que ameaça desaparecer: "Espírito, não me abandone! Quer dizer, que não se apague a chama fraca e pequena do meu espírito!"[22]. É desse modo que ele pede insistentemente e, com isso, indica a esfera filosófica, pessoal e religiosa. Espírito significa para ele a luz a que ele aspira, que ele busca e que, porém, frequentemente, reside em uma esfera que parece inatingível.

Em sua luta religiosa – seu "sofrimento do espírito" – ele se compara, em seu confronto com o Novo Testamento, a um inseto que fica voando em torno da luz[23], fixamente atraído por ela, incapaz de livrar-se dela. Com essa metáfora

21. Ver *Denkbewegungen*, p. 216: "Pensei ontem na expressão: 'limpos de coração': por que não tenho um coração limpo? Isso quer dizer: por que meus pensamentos são impuros! [...]"
22. *Denkbewegungen*, p. 122.
23. *Denkbewegungen*, p. 168.

se torna especialmente claro o estado paradoxal vigente entre a compreensão intuitiva e a compreensão racional, vindo à luz a discrepância entre a abordagem religiosa e a filosófica de Wittgenstein. Enquanto em suas reflexões filosóficas a luz é ligada ao conhecimento racional e, com isso, a forças do entendimento, de modo que ele – apesar de suas particularidades – permanece na tradição do iluminismo, em seu confronto com questões éticas e religiosas ele assume uma direção totalmente diferente. Aqui seu pensamento é determinado por uma aproximação intuitiva – longe de qualquer tentativa de analisar e abstrair. As metáforas empregadas nessas reflexões adquirem um significado distinto daquele que elas possuem no contexto filosófico. Elas apresentam similaridades com parábolas religiosas – embora o objetivo fundamental de Wittgenstein permaneça o mesmo: tornar transparente o que se encontra oculto nas profundezas. Mas, em oposição à razão, aqui é o coração que é solicitado e pressupõe uma "compreensão" que não é mais questionada nem busca fundamentação.

Em conformidade com isso, as lições da Bíblia não poderiam "vinculá-lo" a uma fé, elas teriam, mais propriamente, de "iluminá-lo"[24]. Essa "iluminação" se diferencia de uma "iluminação" filosófica de conhecimento súbito. Ela também não é definida de uma maneira mais precisa, atuando, antes, como uma espécie de condição para a fé religiosa.

---

24. *Denkbewegungen*, p. 149.

De maneira semelhante, Wittgenstein fala da "segurança tranquilizadora"[25] quando, no curso de suas discussões filosóficas, ele esbarra nos últimos limites e de certo modo é forçado a concluir que a dúvida filosófica deve cessar em algum ponto. Apesar disso ele não parece ter atingido aquela certeza na fé; ela seria reservada àquele que sofre uma vida inteira pela justiça e sem reivindicação alguma de uma recompensa nunca abandonaria sua fé.

Wittgenstein descreveria, "segundo seu sentimento", a vida do verdadeiramente justo afirmando que ele não apenas olha a luz, mas tem de se aproximar o máximo dela, "tem de se tornar com ela um único ser"[26] – tornar-se, assim, ele próprio luz. Em outras palavras: a pessoa de fé teria de obter uma pureza perfeita, que exige um crescimento do próprio eu, um transcender de sua própria existência normal – como, por outro lado, o eu filosófico, como sujeito metafísico, em sua busca da verdade pode se aproximar da luz do conhecimento.

O abismo entre os raciocínios filosóficos e a fé religiosa é representado com a imagem de um espaço escuro e limitado que se encontra separado da luz acima do teto.

Apesar de Wittgenstein não poder, em comparação com a fé, se desfazer do escuro ceticismo filosófico, ele

25. Ver o parágrafo 357 de *Über die Gewissheit* [Sobre a certeza], em que Wittgenstein diferencia a "certeza aclamada" da "certeza ainda em luta".
26. *Denkbewegungen*, p. 172.

deseja que, para que possa suportar esse estado, uma luz brilhe "através do revestimento do teto"[27] sob o qual ele trabalha.

Em uma penosa confrontação com Deus e com seu medo pessoal da loucura, Wittgenstein escreve acerca do conhecimento da própria maldade que ocorre por meio de uma "vigília" em sentido cristão. Por causa desse conhecimento acabaria para ele toda a alegria do mundo, ele teria de se sentir morto neste mundo. Como redenção ele precisa, porém, de "uma nova luz vinda de outro lugar", de uma nova vida, que seria "sem sabedoria, sem inteligência". Apenas essa luz de cima poderia mantê-lo vivo, de tal maneira que ele, por meio da fé, como que "flutuando" sobre a terra, seria suspenso por cima, no céu, pois o mundo não poderia mais lhe garantir nenhum apoio[28].

Esse "estado de flutuação" como metáfora para a fé, isso deixa suspeitar quão sublime e incompreensível, precária e frágil a fé devia ser para Wittgenstein. Além disso, essa metáfora indica uma desvinculação do que é terreno, um desprendimento do mundo, o qual, destituído de todo valor e todo sentido, não pode mais fornecer nenhum apoio para aquele que é consciente da sua condição de pecador, sendo, por isso, um desesperado. O sentido deve ser busca-

27. *Denkbewegungen*, p. 168.
28. *Denkbewegungen*, p. 232 s.

do, assim, "fora do mundo dos fatos"[29]. Com isso, o crente se encontra – flutuando – entre a terra e o céu, sem se sentir realmente em casa nem em um nem em outro domínio. Esse estado pode ser comparado à disposição filosófica fundamental de Wittgenstein – isto é, a uma situação na qual, como mencionado inicialmente, a resposta a questões científicas no mundo dos fatos é insatisfatória, sendo, por outro lado, impossível uma solução para as questões metafísicas.

"O verdadeiro pensador religioso é como um equilibrista que dança sobre a corda. Ele caminha, aparentemente, quase que apenas sobre o ar. Sua base é a mais estreita que se pode pensar. E, contudo, ele caminha realmente sobre ela"[30], escreve Wittgenstein em outra passagem, manifestando com isso sua esperança e suas dúvidas relativamente à fé. Mas sobretudo seu conhecimento do incerto, que pode aparecer como uma luz promissora no escuro, e entretanto bruxuleia inquieta como uma luz de vela, podendo se apagar a qualquer momento.

* * *

29. Ver a proposição 6.41 do *Tractatus Logico-Philosophicus*: "Se há um valor que tem valor, então ele tem de residir fora de todo acontecer e ser-assim. Pois todo acontecer e ser-assim é casual. O que o torna não casual não pode residir *no* mundo, pois senão ele seria novamente casual. Ele deve estar fora do mundo". Ver também a anotação de 8/7/1916 em seus diários: "Acreditar em um Deus significa compreender a pergunta pelo sentido da vida. Acreditar em um Deus significa ver que os fatos do mundo não bastam."
30. *Vermischte Bemerkungen*, p. 141.

Luz e sombras, esperança e desespero, fé e resignação – esses aspectos determinam também os textos aqui publicados. Apesar de podermos perceber as "sombras" no primeiro texto e a "luz" no segundo, ambos não contradizem um ao outro; ao contrário, eles se complementam.

É verdade que a tensa e nunca resolvida relação de Wittgenstein com a fé apresenta-se de uma maneira distinta em cada texto; mas o "respeito" diante de um ser divino pode ser encontrado em ambos. O respeito que contém tanto medo quanto consideração; respeito por um domínio além do visível e do dizível, do explicável e do calculável. Wittgenstein – que era em si um filósofo que pensava de maneira clara e tímida – nunca deixou de se sentir fascinado por esse domínio, apesar de ele estar situado fora do mundo dos fatos e além de tudo o que é representável.

Sobre o texto 1: "Experiência (onírica) noturna"
(Anotação de diário de 13/1/1922)
A representação wittgensteiniana de Deus

Estas linhas revelam o "escuro", o "difícil" na representação que Wittgenstein tem de Deus. No que diz respeito ao pensamento religioso, o texto me parece importante a partir de três pontos de vista:

1 – Ele expressa sua ligação com um modo judaico de pensar.

2 – Ele apresenta paralelos visíveis com Kierkegaard.

3 – Ele contém aspectos religiosos dos escritos filosóficos de Wittgenstein, especialmente a separação, articulada nos escritos da juventude, entre o mundo dos fatos e o domínio fora deste.

1 – A ligação de Wittgenstein com um modo judaico de pensar:

Wittgenstein era de origem judaica, mas foi batizado e criado no catolicismo. A um de seus amigos, Maurice O'Connor Drury, contudo, ele confessou que seu pensamento era 100% hebraico[31]. Paul Engelmann relata que a ideia de um juízo final tocou Wittgenstein profundamente. "Quando nos encontrarmos no juízo final" era uma frase que ele usava muito[32].

G. H. von Wright também descreve em seu "esboço biográfico" a representação que Wittgenstein tinha de Deus como a representação de um juiz temido[33].

Philip R. Shields desenvolve esses pensamentos em seu livro *Logic and Sin in the Writings of Ludwig Wittgenstein* e tenta seguir nos escritos filosóficos de Wittgenstein o rastro

31. Ver Ludwig Wittgenstein. *Porträts und Gespräche*, p. 221.
32. Ver Engelmann, p. 57.
33. Ver von Wright, p. 32.

de sua ideia sobre a onipotência de Deus. Apesar de Shields ver Wittgenstein como um sentinela protestante, isso não se encontra em contradição com a ênfase da dependência religiosa de Wittgenstein em relação ao pensamento judaico, bastando que se pense na doutrina da predestinação, tal como ela ocorre no calvinismo[34], ou na rigidez da representação de Deus exigida pelo protestantismo.

Schields também sublinha, com razão, que, apesar de suas comparações de Wittgenstein com pensadores cristãos como Agostinho, Pascal, Lutero e Kierkegaard, o conceito da absoluta soberania de Deus tem suas raízes no antigo judaísmo. Wittgenstein parece, portanto, ser atraído, acima de tudo, por aqueles aspectos do cristianismo que parecem ser mais semelhantes à fé de seus antepassados judeus[35].

Como Schields tenta mostrar em seu livro, pode-se encontrar a representação de um juiz severo na totalidade dos textos de Wittgenstein. Isso vale também para os escritos tardios, nos quais Wittgenstein progressivamente dá ênfase à gramática e ao descrever em lugar do explicar. Segundo Shields, a arbitrariedade da vontade de Deus seria comparável à ar-

---

34. Neste contexto, é de se ressaltar que a doutrina da predestinação no calvinismo não conduz de modo algum à passividade, mas leva à contínua atividade, uma evidente característica do pensamento, escrita e vida de Wittgenstein.

35. Ver Philip R. Schields, *Logic and Sin in the Writings of Ludwig Wittgenstein*, p. 50 s.

bitrariedade que Wittgenstein vê na lógica e na gramática[36]. Não deveríamos mais esperar da gramática lógica explicação ou justificação, como Jonathan Edwards[37] esperava uma explicação para a condução divina dos acontecimentos do mundo. Em ambos os casos a maneira correta seria a da descrição.

Apesar de Shields, segundo me parece, exagerar em algumas passagens, suas conclusões (baseadas em exemplos), não se pode deixar de perceber o elevado ethos que Wittgenstein tinha em vista tanto em seu trabalho filosófico como em sua vida pessoal, e que dava a direção para seu pensar, escrever e agir.

Esse ethos, tal como o medo do juiz severo e soberano, não esteve restrito aos anos de sua juventude, mas o acompanhou até sua morte. Em 15/3/1951 ele escreveu – provavelmente apoiando-se em uma passagem do Evangelho de Mateus – as seguintes linhas:

> Deus pode me dizer: "julgo-o a partir da sua própria boca. Você se sacudiria de nojo de suas próprias ações se as visse em outro".[38]

---

36. Ver Schields, p. 46.

37. Jonathan Edwards, teólogo americano e missionário entre os indígenas (1703-1758), introduziu nos Estados Unidos, com seu sermão "Sinners in the hands of an angry god", o movimento do despertar. Edward fundou a "New England Theology" e tentou harmonizar o determinismo severo de Calvino com a liberdade humana.

38. *Vermischte Bemerkungen*, p. 163. Ver sobre isso as palavras do Evangelho de Mateus, que – ainda que apenas parcialmente – podem ser

No plano pessoal os medos de Wittgenstein o levaram à beira da loucura, como o provam as anotações em seu diário. Abstraindo da passagem de 13/1/1922, que se encontra aqui em discussão, podemos aludir aos diários escritos na década de 1930. Em uma anotação Wittgenstein descreve como é assaltado pelo sentimento de que Deus exige que ele dê um suéter que acabara de comprar[39].

Nesse tempo seus medos de uma incontornável ordem de Deus chegaram a tal proporção que ele passou a temer ter de um dia queimar seus escritos[40].

Tal como já se revela em sua experiência noturna de 1922, Wittgenstein encontrava-se em uma situação em que ele imaginava estar completamente à mercê de Deus – à semelhança de Abraão, que teve de passar pela mais difícil prova a que um ser humano poderia ser submetido. Embora o sacrifício exigido a Wittgenstein seja pequeno em comparação ao de Abraão, o medo e o tremor em relação à punição de Deus parecem tê-lo abalado realmente, como o prova o texto impresso neste livro[41].

---

comparadas às afirmações de Wittgenstein: "Mas eu vos digo que de toda palavra ociosa que os homens disserem hão de dar conta no dia do juízo. Porque por tuas palavras serás justificado, e por tuas palavras serás condenado." (Mateus, 12:36 e 37)

39. Ver *Denkbewegungen*, p. 178, anotação de 19/2/1937.
40. Ver nota 39.
41. Conforme Ludwig Hänsel relata em seu artigo sobre Ludwig Wittgenstein, este lhe teria contado, uma certa noite durante o curso, sobre a sensação de ter sido chamado e não ter correspondido às expectativas.

Como o medo de Deus e o amor a ele (como também ao próximo) são compatíveis ou então incompatíveis um com o outro e em que consiste o paradoxo da fé será investigado a partir do escrito de Kierkegaard *Temor e tremor*, ao qual Wittgenstein se refere diretamente. Nessa medida, os pontos 1 e 2 encontram-se em estreita conexão.

2 – O paradoxo da fé em Wittgenstein e Kierkegaard:

Em seu escrito *Temor e tremor*[42], Kierkegaard discute a situação problemática em que Abraão se encontra em sua adoração a Deus. O que interessa aqui a Kierkegaard é a representação do paradoxo na fé religiosa.

A fé, segundo Kierkegaard, seria o mais elevado, mas também o mais difícil, e nada seria tão "sutil e estranho como a dialética da fé"[43].

A fé consistiria sobretudo em um paradoxo que se mostraria no exemplo de Abraão, cuja sensibilidade e comportamento ninguém nunca iria compreender totalmente, pois Abraão, para satisfazer a vontade de Deus, estava não

(Ver Hänsel, p. 246) Ver também Ludwig von Ficker, que, ao falar sobre as ideias de Wittgenstein, no último número da revista *Brenner*, refere-se ao mencionado trecho escrito por Hänsel, e leva em conta sua interpretação. (Ver Ludwig von Ficker, "Rilke und der unbekannte Freud", in *Der Brenner*, n. 18/1954. Innsbruck, Brenner Verlag, p. 248.)

42. Ver Sören Kierkegaard, *Furcht und Zittern/Wiederholung*.

43. Ver *Furcht und Zittern*, p. 30.

apenas disposto a sacrificar o que ele mais amava e que lhe era mais precioso, mas também, de uma maneira cruel e indesculpável do ponto de vista ético, ignorou, ao mesmo tempo, as obrigações em relação ao próximo.

Kierkegaard conclui daí que a fé é, por um lado, expressão do mais alto egoísmo (que uma pessoa, como, por exemplo, Abraão, faz algo terrível por amor a si), sendo, por outro lado, contudo, expressão de absoluta doação, pois ele faz o que faz por amor a Deus[44].

O paradoxo pode, portanto, ser expresso da seguinte maneira: há uma obrigação absoluta diante de Deus "pois nessa relação de obrigação o indivíduo como indivíduo relaciona-se de maneira absoluta com o absoluto". Quando se diz nesse contexto que é uma obrigação amar a Deus, diz-se com isso algo diferente do dito mais acima, pois, se essa obrigação é absoluta, então o ético é reduzido a algo relativo. O ético não seria aniquilado, mas receberia uma expressão completamente distinta, na medida em que o amor a Deus pode levar a exteriorizar o amor ao próximo de uma maneira contrária àquela que, em termos éticos, a obrigação exigiria[45].

O paradoxo da fé constituir-se-ia do fato de que o indivíduo estaria acima do universal, de que o indivíduo de-

44. Ver *Furcht und Zittern*, p. 64.
45. Ver *Furcht und Zittern*, p. 63.

termina sua relação com o universal por meio de sua relação com o absoluto, não sua relação com o absoluto por meio de sua relação com o universal. O paradoxo da fé teria perdido o universal; e não poderia ser introduzido nele.

Em Wittgenstein esse paradoxo não consiste no fato de ele, para satisfazer um dever absoluto perante Deus, ter de negligenciar uma obrigação ética perante um ser humano. Como resulta do exemplo do fato de se sentir intimado a dar o suéter novo de presente, aqui o dever ético, absoluto ou religioso encontra-se no mesmo plano. A contradição, o paradoxo atinge o próprio Wittgenstein, já que ele, por causa do dever absoluto diante de Deus, viola-se, diminui-se, age contra seus próprios desejos – de fato coloca o universal acima do indivíduo, na medida em que estaria agindo de modo ético. Isso atinge a dimensão pessoal, e é por isso que ele sente Kierkegaard como "cortante"[46] e suas exigências como demasiadamente elevadas.

Em suas reflexões filosóficas, ao contrário, pode-se falar, sob diversas perspectivas, de paralelos com a concepção de Kierkegaard sobre a fé – como absoluta resignação diante da vontade divina[47].

46. Ver *Denkbewegungen*, p. 204.
47. Isso vale para a forma de pensar. Wittgenstein não teria aprovado que se escrevesse sobre isso, tal como Kierkegaard faz em uma discussão teórica sobre a fé.

Dessa maneira, Wittgenstein considera, em suas discussões com Schlick sobre as duas concepções da essência do bom na ética teológica, que é mais profunda a concepção segundo a qual o bom seria bom porque Deus assim o quis – em oposição à interpretação de que Deus quis o que quis porque seria bom[48]. "É bom o que Deus ordena": tais são as palavras lapidares de Wittgenstein, e com isso ele pressupõe uma aceitação incondicional das ordens de Deus, um tipo de obediência cega, com eliminação de qualquer reflexão racional e qualquer tentativa de uma fundamentação.

Em sua exigência pelo cumprimento incondicional das ordens de Deus não parece estar fora de questão que ele também faria essa exigência no caso de uma exortação para uma ação terrível, inaceitável do ponto de vista ético. Com o que teríamos diante de nós o paradoxo kierkegaardiano entre a obrigação ética em geral e a obrigação religiosa de cada um.

Como anteriormente mencionado, esse paradoxo não se apresenta em Wittgenstein de maneira tão logicamente concatenada quanto em Kierkegaard. Sua relação absoluta com Deus, envolvendo cumprimento consequente das obrigações perante Ele, conduz apenas à autoviolação como indivíduo. Seja quando ele considera ter, apesar de seu

48. Ver *Wittgenstein und der Wiener Kreis*, p. 115. Ver também MS 107, 192, citado segundo *Vermischte Bemerkungen*, p. 24: "Se algo é bom também é divino. Isso resume minha ética de modo curioso."

cansaço, de levantar-se durante a noite e se ajoelhar, seja quando se sente chamado a sacrificar a Deus seus escritos, sendo que no último caso poderíamos traçar um paralelo com Abraão, para quem o filho significava tudo – assim como para Wittgenstein, seus escritos. Com a diferença de que o sacrifício no caso de Abraão atinge uma pessoa, significando, com isso, a violação de uma obrigação ética universal, ao passo que no caso de Wittgenstein o sacrificado não é um ser humano, apesar de consistir em algo vivo (por ser a expressão da atividade intelectual de vários anos). Na medida em que Wittgenstein encarava seus escritos como essenciais para os seres humanos, a destruição dos manuscritos seria, em certo sentido, também uma violação a uma obrigação ética universal – um ethos que Wittgenstein certamente tinha em vista ao escrever.

Nos dois casos existe, contudo, a vontade de, como indivíduo, cumprir um dever absoluto em relação a Deus.

Decisivo relativamente à obediência incondicional diante de Deus é também, em Wittgenstein, o momento da realização do sacrifício, no sentido de uma ação que é difícil para aquele que a realiza. Um outro exemplo pode ser encontrado em uma passagem – na Páscoa de 1937 – do diário de Wittgenstein quando ele inicialmente resiste a jejuar na sexta-feira santa porque sente isso como um mandamento contra o qual ele se insurge. Ele somente gostaria de fazer isso se fosse algo que viesse do coração. Mas ele logo condena esse pensamento, pois então o jejum não representaria nenhuma superação, nenhum sacrifício. Não seria nenhuma "notificação", necessária para "morrer por pura obediência", e conclui que essa poderia – na verdade, deveria – ser uma agonia, mas "uma agonia piedosa". Ele próprio admite que não quer morrer, apesar de compreender que isso seria o "mais elevado"[49].

A redenção do desespero surgido a partir do conhecimento de si mesmo não poderia vir, como mencionado acima, deste mundo, mas de uma "outra luz", da fé. Esta seria o "amor, o amor humano ao perfeito"[50], uma elevação ao "estado nobre", um "movimento da alma em direção à beatitude"[51].

Para conseguir o movimento em direção à fé – segundo Kierkegaard –, o ser humano teria de realizar primeiramente o movimento da resignação, isto é, em vista do fardo da finitude do mundo, renunciar – no sentido de Schopenhauer – a tudo e experienciar em ascese a consciência da infinitude. Isso não seria impossível para os seres humanos. Diferente e muito mais difícil é quando se trata da fé, que vai um passo além, quer dizer, da resignação à fé no absurdo – em função de em Deus tudo ser possível[52].

---

49. Ver *Denkbewegungen*, p. 225 s., anotação de 25/3/1937.
50. Ver *Denkbewegungen*, p. 233.
51. Ver *Denkbewegungen*, p. 219.
52. Ver *Furcht und Zittern*, p. 40.

"A fé não é, por isso, nenhum sentimento estético, mas algo muito mais elevado, precisamente porque ela pressupõe a resignação. Ela não é um impulso imediato do coração, mas o paradoxo da existência."[53]

A fé permanece inabalável mesmo quando ela se dá conta da impossibilidade. Na resignação poder-se-ia encontrar paz e tranquilidade na dor, mas somente por meio da fé, por força do absurdo, apreendemos a temporalidade: por meio da fé não renunciamos a nada, mas ganhamos tudo, assim como Abraão, por meio da fé, não perdeu Isaque, mas o ganhou. Ainda assim permanece o paradoxo que torna uma morte um ato sagrado, benquisto por Deus. Um paradoxo do qual nenhum pensamento pode se assenhorear porque onde a fé começa o pensamento acaba[54].

Esse me parece ser um ponto decisivo, que também está presente na concepção wittgensteiniana da fé: em sua desconsideração de tudo o que é racional, carente de explicação e de fundamentação.

3 – Aspectos religiosos dos escritos filosóficos de Wittgenstein:

A conhecida distinção de Wittgenstein entre o dizível e o indizível, que encontra sua mais clara expressão na última proposição do *Tractatus* "sobre o que não se pode falar

53. Ver *Furcht und Zittern*, p. 41.
54. Ver *Furcht und Zittern*, p. 47.

se deve calar", foi mantida desde o começo de seus escritos filosóficos até seu fim, apesar de todas as mudanças em seu pensamento e método.

Apesar do progressivo abandono de um tratamento metafísico das coisas (que "visto de fora" já estava presente no texto do *Tractatus*, mas que visto "de dentro", apesar da recusa de todas as disputas filosóficas sobre a metafísica, pode ser observado em uma silenciosa avaliação dela), Wittgenstein continua tendo muita consideração pelo domínio "de fora", enquanto contempla com ceticismo e não sem ressentimento as explicações científicas que se esgotam na referência ao mundo dos fatos. Ele compara sabedoria e cientificidade com frieza e cinzas. Ele associa religião – totalmente no sentido de Kierkegaard – com cores e paixão[55].

Mas Wittgenstein defende-se contra toda tentativa de uma análise racional ou fundamentação da fé. Esta é vista, antes, como algo "irracional", que nada tem a ver com o plano científico. Toda reflexão racional teria de colocar em questão a fé religiosa e lançar dúvidas sobre ela, teria de declará-la francamente como uma tolice[56]. Contudo, apenas quando se observa a partir do mundo dos fatos, servindo-se dos meios do uso cotidiano da linguagem. Com esse uso,

55. Ver *Vermischte Bemerkungen*, p. 106 e 112.
56. Ver Ludwig Wittgenstein, *Vorlesungen und Gespräsche über Ästhetik, Psychoanalyse und religiösen Glauben*, p. 81.

esbarra-se sempre em fronteiras intransponíveis quando se tenta tratar de questões éticas ou religiosas. Aqui todas as expressões se mostram "absurdas" e são, por isso, insatisfatórias e inúteis na filosofia em que a razão é requerida.

Também no texto aqui comentado Wittgenstein caracteriza a religião como algo "sobrenatural", isto é, como algo que não é experienciável, quem dirá explicável no mundo dos fatos habitual. Religião está, entretanto, tal como nos *Tagebücher 1914-1916* [Diários de 1914-1916] e no *Tractatus*, implicitamente vinculada ao "sentido da vida", que reside fora do espaço dos fatos. Se Wittgenstein tivesse menosprezado seus medos daquela noite, medos que parecem irracionais para o entendimento sóbrio, tratando-os como ilusão, isso não significaria apenas declarar como ilusão "toda a religião nele", mas também negar o sentido da vida.

2 – Sobre o texto 2: "O ser humano na campânula vermelha" (fragmento de carta)

A visão de Wittgenstein da religião e da cultura

"O confronto com o espírito,
com a luz arrebata."

Este texto abriga uma abundância de pensamentos que pode ser parcialmente observada em outros textos de

Wittgenstein, assim como, de maneira semelhante, também em Platão, Oswald Spengler e Ferdinand Ebner. Mas, acima de tudo, depreende-se do texto – por oposição às observações de Wittgenstein em textos filosóficos e discussões – sua posição pessoal em relação a valores culturais e espirituais. Essa posição se aproxima de uma confissão: em relação à religião e à cultura, sendo clara, contudo, a preferência pela religião.

Deve-se sublinhar que Wittgenstein assume uma posição contrária à tendência frequente de unificar os conceitos de cultura e de religião[57], vendo uma grande discrepância entre cultura e religião. Sob o conceito de cultura ele compreende, de maneira evidente, arte e ciência. Ele não vê realmente a religião como parte da cultura, mas como algo que fica fora dela, assumindo uma posição especial. Embora ele coloque as culturas no campo do espiritual, elas significam para ele apenas um tipo de substituto para a religião. Esta constitui para ele o realmente espiritual.

Em conformidade com essa visão, o ideal religioso – como o "puro ideal espiritual" – é metaforicamente comparado à luz branca, sendo que os ideais das diversas culturas, em contraposição, são comparados às luzes coloridas

57. Pensemos aqui apenas no modo simplificador, como, por exemplo, Huntington em seu livro *Kampf der Kulturen* [Luta das culturas] define as culturas a partir das religiões mundiais.

que surgem quando a luz pura brilha através de um vidro pintado de vermelho. Nessa comparação, arte e ciência são associados à nebulosidade e obscuridade, enquanto a religião, ao contrário, é associada à pura espiritualidade e verdade. Segundo Wittgenstein, enquanto uma época cultural perdura e permanece capaz de dar algo aos seres humanos, eles permanecem considerando-a o verdadeiro, o absoluto, a luz, ignorando que a cultura, no fundo, é apenas um reflexo de uma luz que está acima, que seria o verdadeiramente espiritual. A cultura não seria nada além de um "sonho do espírito", para usar as palavras de Ferdinand Ebner, cujos apontamentos são muito próximos aos de Wittgenstein. Ebner vê na, não consciente de si mesma, "solidão do eu" [*Icheinsamkeit*] da consciência humana o "pensa-se" [*es denkt*], tal como é expresso na estética transcendental de Kant – uma contínua postura reflexiva do observador diante do estético. A pessoa religiosa deve, segundo ele, libertar-se disso, isto é, de uma postura reflexiva do eu – esse mero "sonho do espírito" – e ingressar em uma relação direta com a realidade efetiva da vida espiritual. No sentido de Wittgenstein – e no que diz respeito à sua metáfora da campânula –, a diferença entre luz espiritual turva e pura comporta-se como a diferença de Ebner entre sonho do espírito e realidade do espírito.

Apenas o religioso – para usar as palavras de Wittgenstein – simbolizaria a "luz pura, transparente", em cuja presença toda cultura empalidece, apresenta-se como turva. Uma vida na cultura e sem religião não seria uma vida real, mas tornaria os seres humanos melancólicos ou indiferentes e superficiais. O "sonho do espírito" conduz ao erro – à "solidão do eu" – e não ao caminho correto, que, segundo Ebner, passa necessariamente por um diálogo com o outro, especialmente um diálogo com Deus.

Enquanto os seres humanos permanecem naquela luz turva – contentando-se com cultura e ciência –, não existe nenhuma exigência pela luz pura, absoluta. Contudo, considerando o fato de que com o começo do século XIX a humanidade teria atingido os limites da cultura ocidental – Wittgenstein parece aqui claramente inspirado por Oswald Spengler –, a "acidez", nomeadamente a melancolia e o humor, impor-se-ia. Ao contrário de Spengler, que considera o estado de decadência no qual a cultura ocidental se encontra pouco antes de seu declínio como um estado de decadência civilizatória, Wittgenstein supõe que se aproxima o começo de uma era religiosa.

Ao passo que, em oposição à civilização, Spengler vê cultura e religião como expressão de mecanismo e falta de religiosidade em um mesmo plano, Wittgenstein coloca inequivocamente a religião acima da cultura. Religião como o "puro ideal espiritual" com o qual aquele que é criativamente ativo tem de se confrontar quando sente os limites da cultura. Faltaria, entretanto, à "corrente da civilização europeia e americana", que é marcada pelo progresso e pela construção de estruturas cada vez maiores e mais complexas, o espírito do religioso, tal como Wittgenstein lastima no prefácio das suas *Philosophische Bemerkungen* [Observações filosóficas]. Ele mesmo se declara alguém estranho a seu tempo, sendo que esse tempo também lhe era estranho, e como alguém consciente de que seu espírito não seria compreendido por esse tempo. Trata-se para ele de obter "clareza e transparência independentemente de qual seja a estrutura". Tal como se mostra em sua metáfora da campânula, Wittgenstein, por meio da metáfora da pura luz branca, que deixa as coisas aparecerem "de modo transparente", liga o ideal religioso à clareza. No referido prefácio, Wittgenstein manifesta o desejo de que seu livro seja "escrito para a honra de Deus". O espírito de seu escrito seria, então, religioso.

Com sua metáfora da campânula, Wittgenstein evoca também analogias, como o mito da caverna de Platão, segundo o qual aqueles que vivem na escuridão da caverna e que nunca viram a luz do dia não sentem falta dela, mas consideram verdadeira sua existência e a visão das coisas que emerge a partir dela. Da mesma maneira, aqueles que se encontram na cultura à qual pertencem a consideram algo grandioso e verdadeiro, sem suspeitar que há algo mais grandioso e mais perfeito.

A diferença entre conhecimento verdadeiro e falso, entre ser e parecer é transferida por Wittgenstein para a diferença entre a observação religiosa das coisas e a observação cultural. Enquanto o ser humano cultural observa o mundo através da luz turvada em rosa, o ser humano religioso conhece o mundo sob uma luz pura, clara, transparente. Há também ecos de Platão, ecos de sua representação da "anamnesis", da "recordação", quando observamos as cópias imperfeitas das imagens originais das ideias, daquilo que nossa alma viu antes de entrar no corpo – na observação wittgensteiniana de que em um confronto apenas superficial com os limites entre cultura e religião perde-se o essencial da beleza, sendo que as obras daí resultantes no máximo nos lembrariam o que um dia foi belo.

A metáfora da existência em uma campânula também deve ser vista como uma metáfora tanto para a ausência de liberdade do ser humano como para a fragilidade do mundo. Ela torna clara a precariedade da existência humana e coloca valores culturais em questão. Esses valores são submetidos ao espaço e tempo, em oposição à estabilidade do verdadeiramente espiritual, que brilha na campânula como uma luz distante, mas perfeitamente pura. A verdadeira espiritualidade é aqui equiparada ao "ideal religioso", e Wittgenstein não deixa nenhuma dúvida de que, de seu ponto de vista, esse ideal – definido como a luz – ofusca quaisquer correntes culturais, quaisquer formas da civilização humana.

Ele acentua que o estar ancorado em uma existência culturalmente determinada turva a visão do verdadeiro, pois o mundo é observado como que através de vidros coloridos. O ser humano orientado pela cultura permanece prisioneiro como em uma campânula, apertado, impedido de fugir para a liberdade – uma liberdade que apenas uma vida no espírito e, ao mesmo tempo, em Deus promete. Essa liberdade é idêntica a verdade e clareza, pois somente por meio dela as coisas podem ser corretamente percebidas – tornadas transparentes como na luz translúcida.

É natural a comparação com Espinosa, que fala do conhecimento perfeito, adequado – da contemplação *sub specie aeternitatis*. Apenas essa contemplação torna possível a visão verdadeira das coisas e leva à liberdade humana, a qual, entretanto, de maneira aparentemente paradoxal, reside no conhecimento da necessidade dos planos de Deus, da necessidade lógica de tudo o que ocorre no mundo. Uma necessidade que é causada por Deus como *natura naturans* e se mostra no mundo criado, da *natura naturata*, em inalteráveis leis naturais.

A maioria dos seres humanos está muito distante de um conhecimento verdadeiro dessa necessidade, assim como de uma contemplação adequada das coisas, permanecendo presa a uma forma de contemplação inadequada, que significa uma visão imperfeita e confusa das coisas. Essa visão pode ser comparada à existência em uma campânula vermelha, como Wittgenstein o descreve. Ele distingue três tipos de seres humanos a partir de três diferentes maneiras de lidar com essa existência:

Os primeiros chegam a reconhecer a limitação de sua cultura, mas ficam resignados com a impossibilidade de quebrar o vidro; eles são, portanto, incapazes de se erguer para além de sua cultura, ficando satisfeitos com ela, com essa luz turva, sem procurar pela luz verdadeira. Sem ela o ser humano torna-se, entretanto, como mencionado acima, ou "bem-humorado" ou "melancólico", propriedades que Wittgenstein atribui ao ser humano resignado, ao ser humano sem fé. Humor e ironia, que são consideradas também por Kierkegaard características do ser humano resignado, seriam, segundo ele, paixões que se diferenciam essencialmente da paixão da fé: elas se interessam por si mesmas e mostram que o indivíduo é incomensurável para a realidade[58].

Para Wittgenstein elas caracterizam a infeliz situação do ser humano, que fica resignado em sua cultura e no mundo, bem como decaído em um estado crônico de melancolia que conduz ao desespero. Um estado que Wittgenstein sempre teve de experienciar em suas reflexões filosóficas, com a dúvida sobre Deus ligada a elas.

58. Ver *Furcht und Zittern*, p. 45.

É o estado da "solidão do eu" – para retornar uma vez mais a Ferdinand Ebner –, um estado no qual fica aprisionado o ser humano voltado apenas para a aparência estética.

Ao lado do ser humano resignado há também aquele que apesar de se chocar com os limites do espaço não percebe esses limites. Ele continua vivendo do mesmo modo, de uma maneira superficial, sem nenhuma sensibilidade e reflexão. Mas, antes de tudo, desprovido de paixão, sem a qual uma fé religiosa não é possível, sem a qual não se pode penetrar naquele domínio da profundidade, não se pode ir ao fundo, pois a visão "turva" permanece presa à superfície, como Wittgenstein repetidamente constata em suas investigações filosóficas. Isso vale também para uma observação puramente científica das coisas, a qual almeja, por meio de uma análise racional, uma explicação completa das coisas, mas, ao ocupar-se com o que é meramente visível, nunca pode investigar segredos últimos.

Para se aproximar deles ter-se-ia que – usando a metáfora de Wittgenstein – quebrar o vidro. Quer dizer, ousar um "salto no incerto", como Kierkegaard o propagou. Essa consequência tida por Wittgenstein como verdadeira é um risco que o ser humano, independentemente do perigo de se machucar, deve correr, pois o rompimento da campânula turvada pela luz vermelha para avançar até a luz pura é análoga à descida a um abismo amedrontador, tal como Wittgenstein, em 1937, o descreve por ocasião de seus dolorosos confrontos com questões religiosas e filosóficas[59]. Apenas por meio desse risco – isto é, da descida às profundidades escuras – é possível trazer à luz a verdade, tal como somente por meio do rompimento da campânula seria possível ver a luz que é idêntica à verdade.

Alguns colocam a cabeça para fora, mas, ofuscados pela luz, a recolhem e continuam vivendo com a consciência ruim e sem religião. Esse recuo amedrontado diante da luz seria, como Wittgenstein o descreve em outra passagem[60], expressão da indignação que toma conta do ser humano quando da "visão do perfeito", uma vez que ele não suporta essa visão. O ser humano teria de "cair no pó" diante do perfeito, e ninguém faz isso com prazer.

"A exigência é alta"[61], escreve Wittgenstein. A cada instante a pessoa tem de estar preparada para que seja exigido o máximo dela. Ao não satisfazer a essa exigência, por meio de um recuo amedrontado face a um confronto com questões últimas, a vida transforma-se apenas em uma "ilusão"[62], sem verdade, sem profundidade. Da mesma maneira que, segundo Ebner, uma vida na cultura e ciência, mas sem re-

59. Ver *Denkbewegungen*, p. 200 ss.
60. Ver *Denkbewegungen*, p. 213 s.
61. Ver *Denkbewegungen*, p. 167.
62. Ver *Denkbewegungen*, p. 177.

ligião, permanece apenas um "sonho do espírito" – distante do verdadeiro espírito.

O ethos elevado que paira diante de Wittgenstein tanto na vida como no trabalho estava direcionado para aquela luz límpida, direcionado para a clareza perfeita, para a "transparência" que só pode ser atingida por meio do mergulho abaixo da superfície. Isso significa, na filosofia, agarrar as dificuldades *profundamente* – e não de modo "fútil", superficial –, por assim dizer, "arrancá-las com raiz e tudo", criar uma nova forma de pensamento[63]. Mas seu pensamento, seu trabalho teriam de receber a profundidade, o "luzir" de "uma outra luz"[64], apontando-se aqui para o domínio do religioso.

Wittgenstein impõe essa exigência a todas as ações espirituais ou artísticas: sem aquela luz as obras não seriam "compreendidas", sem o confronto com o religioso, elas seriam apenas produtos medíocres do "mero talento", sem genialidade. Somente as obras originadas das "paixões do espírito" são confiáveis e verdadeiras.

O confronto com a "luz" joga o artista em uma situação dolorosamente paradoxal, pois sempre faz com que ele se defronte com seu lado sombrio, com o martírio forçoso em cada processo criativo, consciente da seriedade da vida e da morte. Essa experiência do limite, a flutuação entre luz e

63. Ver MS 131, p. 48 s.
64. Ver MS 157a, 68v.

sombras tem de transparecer em uma obra plausível, de uma maneira que torne clara a diferença em relação à "arte aparente", surgida a partir de uma visão de mundo turva, rosada.

Nesse contexto, devemos fazer referência a uma passagem do diário de Wittgenstein em que ele compara a música de Beethoven com a religião – como expressão da verdade, sem "maquiagem" [*Beschönigung*] da realidade. Com essa passagem, ele deu um exemplo de como arte e religião podem ser compatibilizadas uma com a outra apesar da evidente contradição entre elas, indicada no texto aqui presente. Isso pressupondo que se trate de arte verdadeira, a qual é quase idêntica à religião.

> Beethoven é completamente realista; entendo que sua música é totalmente verdadeira, quero dizer: ele vê a vida inteiramente como ela é & então a eleva. É religião de ponta a ponta & não poesia religiosa. É por isso que ele consegue consolar nas verdadeiras dores enquanto os outros fracassam fazendo com que se diga acerca deles: mas isso não é assim. Ele não fica embalando em um belo sonho, mas salva o mundo ao vê-lo como herói, como o mundo é.[65]

---

65. Ver *Denkbewegungen*, p. 72. Ferdinand Ebner tinha uma outra opinião sobre Beethoven. No início ele era um entusiasta de suas obras, principalmente as sinfonias, único produto cultural dos alemães que ele colocava no mesmo patamar das tragédias gregas. Mais tarde, provavelmente sob a influência de Josef Mathias Hauer, ele disse palavras depreciativas sobre Beethoven. Disse que Beethoven ensurdecia com o barulho em seus finais e temia o silêncio. Somente no final da *Heroica*,

Música, e com ela toda arte como expressão da verdade, seria a garantia para o conhecimento verdadeiro da vida, tal como também Schopenhauer o via. Parodiando a frase de Leibniz "musica est exercitium arithmeticae occultum nescientis se numerare animi" [a música é um exercício inconsciente da aritmética, em que o espírito ignora que calcula], Schopenhauer conclui: "Musica est exercitium philosophiale occultum nescientis se philosophare animi" [A música é um exercício inconsciente de filosofia, em que o espírito ignora que filosofa][66].

Se fosse possível expressar em conceitos o que a música exprime em tons, então, teríamos com isso também uma suficiente repetição e explicação do mundo em conceitos, isto é, a verdadeira filosofia[67].

Em sua procura por conhecimento filosófico – que Wittgenstein sempre associava, também em sua vida pessoal, a uma busca de verdade e clareza –, "compor uma melodia" era para ele o "mais elevado" que ele almejava alcançar, pois

---

Ebner achava estar ouvindo um "*andante* bem religioso". (Ver Ebner, vol. III, p. 215.) No sentido das opiniões de Richard Wagner e Otto Weininger, Beethoven representava uma música do idealismo, que evocava no ouvinte o "sonho de espírito" e não o espírito propriamente dito.

66. Ver A. Schopenhauer, "Metaphysik des Schönen", *Philosophische Vorlesungen*, parte III, p. 214 e 225.
67. Ver A. Schopenhauer, ibidem. Ver também Schopenhauer, *Die Welt als Wille und Vorstellung*, p. 322 e 332.

então ele "quase resumiria sua vida" e "poderia apresentá-la em forma de cristal". E, mesmo se fosse somente um pequeno e mesquinho cristal, ainda assim seria um cristal[68].

Com isso Wittgenstein parece, apesar de todas as discutidas semelhanças com Kierkegaard e Ferdinand Ebner, diferenciar-se deles por, não obstante seu pessimismo em relação à cultura, ver na arte uma possibilidade para a contemplação verdadeira da vida e do mundo. Sua desilusão com a decadência cultural e espiritual na Viena da virada do século não fez com que toda sua esperança desaparecesse.

> Eu disse uma vez, & talvez com razão: A cultura antiga transforma-se em um monte de destroços &, no final, em um monte de cinzas; mas espíritos flutuarão sobre as cinzas.[69]

Mas, em contrapartida, ele via o espírito a partir de uma visão religiosa:

> Na civilização das *grandes cidades* o espírito só pode se comprimir em um canto. Entretanto, ele não é porventura atávico & supérfluo, mas flutua sobre as cinzas da cultura como uma (*eterna*) testemunha – quase como vingador da divindade.[70]

---

68. Ver *Denkbewegungen*, p. 9 s.
69. Ver *Vermischte Bemerkungen*, p. 25.
70. Ver *Denkbewegungen*, p. 46.

Bibliografia

DRURY, Maurice O'Connor. Bemerkungen zu einigen Gesprächen mit Wittgenstein. In: *Ludwig Wittgenstein. Porträts und Gespräche*. Editado por Rush Rhees. Frankfurt: Suhrkamp, 1992.

EBNER, Ferdinand. Briefe. In: *Schriften*. vol. III. Editado por Franz Seyr. Munique: Kösel-Verlag, 1965.

________. Fragmente. Aufsätze, Schriften. In: *Schriften*. v
Zu einer Pneumatologie des Wortes. Munique: Kös ,
1963.

ENGELMANN, Paul. *Ludwig Wittgenstein. Brief gnungen*. Editado por Brian F. McGuinness. unique: R. Oldenbourg, 1970.

ESPINOSA, Baruch. *Die Ethik.* *Briefe*. Editado por Friedrich Bülow. Stuttgart erlag, 1976.

FICKER, Ludwig. Rilke u anbekannte Freund. In: *Der Brenner*. Editado por L. Fic er, n. 18/1954, p. 234-248.

HUNTINGTON, Samuel P. *The clash of civilizations*. Nova York: Council on Foreign Relations, 1996.

KIERKEGAARD, Sören. *Furcht und Zittern/Wiederholung*. Jena: Eugen Diederichs Verlag, 1909.

NIETZSCHE, Friedrich. *Gedichte*. Stuttgart: Reclam, 1979.

PLATÃO. *Phaidon. Politeia*. In: *Sämtliche Werke*. Platão, tradução de Friedrich Schleiermacher. Editado por Walter F. Otto, Ernesto Grassi e Gert Plamböck. Hamburgo: Rowohlt Taschenbuch Verlag, 1958.

SCHOPENHAUER, Arthur. *Metaphysik des Schönen, Philosophische Vorlesungen*. parte III. Extraído do espólio de manuscritos. Editado e introduzido por Volker Spierling. Munique: Piper, 1985.

________. *Die Welt als Wille und Vorstellung I*. In: *Sämtliche Werke*, A. Schopenhauer. Zürcher Ausgabe, Zurique: Diogenes, 1977.

SHIELDS, Philip R. *Logic and Sin in the Writings of Ludwig Wittgenstein*. Chicago: The University of Chicago Press, 1993.

SOMAVILLA, Ilse. Wittgensteins Metapher des Lichts. In: *Wittgenstein und die Metapher*. Editado por U. Arnswald, J. Kertscher & M. Kross. Düsseldorf: Parerga, 2004.

SPENGLER, Oswald. *Der Untergang des Abendlandes: Umrisse einer Morphologie der Weltgeschichte*. Munique: Beck, 1963.

TOLSTÓI, Leon. *Kurze Darlegung des Evangelium*. Tradução alemã de Paul Lauterbach. Leipzig: Reclam, 1892.

WITTGENSTEIN, Ludwig. *Denkbewegungen*, Tagebücher 1930-1932/1936-1937. Editado por Ilse Somavilla. Innsbruck: Haymon, 1997.

________. *Ludwig Hänsel. Eine Freundschaft*. Ensaios e comentários. Editado por Ilse Somavilla, Anton Unterkircher e Christian Paul Berger sob a coordenação de Walter Methlagl e Allan Janik. Innsbruck: Haymon, 1994.

WITTGENSTEIN, Ludwig. *Philosophische Bemerkungen*. In: *Werkausgabe in 8 Bänden*, Wittgenstein. vol. 2. Frankfurt: Suhrkamp, 1990.

________. *Philosophische Untersuchungen*. In: *Werkausgabe in 8 Bänden*, Wittgenstein. vol. 1. Frankfurt: Suhrkamp, 1990.

________. *Tagebücher 1914-1916*. In: *Werkausgabe in 8 Bänden*, Wittgenstein. vol. 1. Frankfurt: Suhrkamp, 1990.

________. *Tractatus Logico-Philosophicus*. In: *Werkausgabe in 8 Bänden*, Wittgenstein. vol. 1. Frankfurt: Suhrkamp, 1990.

________. *Über Gewißheit*. In: *Werkausgabe in 8 Bänden*, Wittgenstein. vol. 8. Frankfurt: Suhrkamp, 1990.

________. *Wittgenstein und der Wiener Kreis*. In: *Werkausgabe in 8 Bänden*, Wittgenstein. vol. 3. Frankfurt: Suhrkamp, 1990.

________. *Vermischte Bemerkungen*. Editado por G. H. von Wright, com a colaboração de Heikki Nyman, atualizado por Alois Pichler. Frankfurt: Suhrkamp, 1994.

________. *Vorlesungen und Gespräche über Ästhetik, Psychoanalyse und religiösen Glauben*. Traduzido de Ralf Funke. Düsseldorf e Bonn: Parerga, 1996.

VON WRIGHT, Georg Henrik. *Wittgenstein*. Oxford: Basil Blackwell, 1982.

Wittgenstein's Nachlass. The Bergen Eletronic Edition. Bergen, Oxford: Oxford University Press, 2000. (As passagens citadas do *Nachlass* são designadas com as rubricas MS (manuscrito) ou TS (texto datilografado).

1ª edição março de 2012 | **Diagramação** Studio 3
Fonte Rotis/Agaramond | **Papel** Offset 63g/m²
Impressão e acabamento Yangraf